U0132500

學術大師的流芳餘澤
—— 寫在《常新文叢》出版之際

　　學術的討論和研究，既有破舊立新，又有推陳出新，亦有歷久常新。在這當中，有些名著，經得起時間的考驗，成為了可超而不可越的地標，值得時時重溫，常常披閱；每讀一次，除對相關課題有進一步認識外，更能有所啟發，引導新研究，創造新見解。

　　有見及此，本館特創設《常新文叢》書系，取「常讀常新」之義，精選過往的重要著作，配以當代專家學者所撰寫的導言，期望從各方面呈現上世紀中外傑出學人豐碩的研究成果，讓廣大讀者親炙大師之教，既能近觀，亦能直視。

　　是為序。

小序

嚴家炎

時間過得真快，「五四」轉眼已有百年，我今年竟已八十有六，回溯大半生，實在與「五四」難解難分。感謝北京出版社給了我這個寶貴機會，以「五四」新文學為主題，選編了這本小書，以誌紀念。

「五四」新文化運動，無論是對於現當代史，或是對貫通古今的中華文明史，都是繞不過去的重要事件。儘管「五四」的發端早在 19 世紀的 80 年代[1]，但它的高潮卻是在 1919 年的春天形成的。新文化運動所帶來的新文學革命，催生了文學的大眾化、現代化、多樣化，其影響所及可謂一直延續至今。多種多樣的社團、報刊、思潮，這些都滲透和影響到了種種不同的文學樣式和流派之中。一代又一代的文學家、文學史家、文學評論家，或直接或間接受惠於「五四」新文化運動。其產生的纍纍碩果，燦若繁星，難以計數。不同的流派，有不

---

[1] 嚴家炎：〈中國現代文學的發端及其標誌〉，高等教育出版社《二十世紀中國文學史》（上冊），第 7 頁。

同的創作傾向和特色，它們的相互交流、融合、砥礪、競爭，形成了色彩繽紛、奇趣無窮的文學世界。

「五四」新文化運動既是一場在思想、文化、文學方面棄舊揚新的巨大變革，也就必然會引發各種新舊觀點的碰撞和論爭，甚至影響到社會、政治的方方面面，其中也包括了對它的誤讀和詆毀，因此對它的深入了解、探索和辨誤，也是文學工作者不可忽視和迴避的責任。

我是 1956 年 9 月響應周恩來總理提出「向科學進軍」的號召，以同等學力考進北京大學中文系，成為文藝理論方向的四年制副博士研究生的。1958 年 10 月底，因中文系急需教師，我被半途從研究生崗位上調出，為蘇聯、東歐、蒙古、朝鮮等國二十多名留學生開設中國現代文學史課程。從那時起，我就把主要精力投入了中國現當代文學史的研究和教學，至今已逾一個甲子。這期間，對「五四」新文學的探索和研究從未中斷，對它的了解和認識也歷久彌新，這或許是我對自己最為滿意的地方。

2019 年 2 月 26 日

第一輯

論「五四」作家的文化背景與知識結構

　　周作人在《中國新文學的源流》第五講中談到文學革命運動時，說過這樣兩段話：

> 　　自甲午戰後，不但中國的政治上發生了極大的變動，即在文學方面，也正在時時動搖，處處變化，正好像是上一個時代的結尾，下一個時代的開端。新的時代所以還不能即時產生者，則是如《三國演義》上所說的「萬事齊備，只欠東風」。

> 　　所謂「東風」在這裏卻正應改作「西風」，即是西洋的科學、哲學和文學各方面的思想（當時還傳入不多——引者）。到民國初年，那些東西已漸漸輸入得很多，於是而文學革命的主張便正式地提出來了。[1]

　　為什麼「到民國初年」，「西洋的科學、哲學和文學各方面的思想」「已漸漸輸入得很多」呢？這與 19 世紀

1　周作人：《中國新文學的源流》，北平：人文書店 1934 年版，第 101 頁。

末期以來中國派往外國的留學生逐漸增多，到民國初年終於達到相當規模，形成盛大的文化氣候有關係。

據容閎《西學東漸記》，中國向西方國家以官費派出留學生，始於 1872 年。這一年起，清朝政府根據兩年前曾國藩的奏請，派容閎分批率 120 名幼童到美國學習[2]。隨後在 1877 年（光緒三年）及其前後又派薩鎮冰、嚴復等 81 人到英、法、德國學過海軍。到 1896 年，甲午戰敗後的第三年，則開始派學生到日本留學。當年只派了 13 人，往後卻越來越多，遠過歐美而後來居上。其間原因，一是兩國國情較為接近。二是日本由變法而強大，又保留帝制，比較切合清朝統治者的需要。用當時駐日公使楊樞的話來說，即是：「法美等國皆以共和民主為政體，中國斷不能仿效。」[3]三是中日間一衣帶水，距離甚近，可節省經費。自芝罘或上海到東京，即便乘坐頭等船艙，花費只需六七十元，行程五六天就可到達；不像前往美國，航程要一個多月，旅費至少要三四百兩銀子。當時日本生活費也比較便宜，只抵歐美

---

2 可參閱容閎《西學東漸記》、祁兆熙《出洋見聞瑣述》二書。

3 《清光緒朝中日交涉史料》卷 68，第 34-35 頁，北平故宮博物館編印，1932 年。

諸國的四分之一。因此到 1905-1906 學年，中國派往日本的留學生竟創下 8,000 人以上的紀錄。那時駐日公使楊樞曾說：「現在中國留學生在東京者，約一萬餘名，並各地方學校留學者，共計一萬三四千左右。」[4] 據《近代中國的留學生》一書作者李喜所的統計，從 1896 年到 1912 年，中國到日本的留學生總計有 39,056 人。19 世紀末年（1895）和 20 世紀初年（1903），中國還開始向俄國派出留學生，雖然人數不多[5]。這樣，到「五四」前夕，中國外派連同自費的留學生總數當在五六萬之間。「五四」時期由於爆發反日運動，去日本的留學生少了，去歐美的卻大為增加，而且留學的方法、途徑也多樣化起來。除用庚子賠款繼續留學美國外，僅 1919-1920 年，就有 1,700 多名中國學生通過勤工儉學途徑留學法國。20 世紀 20 年代初，還有數百名學生到了蘇俄，在東方大學等校學習。留學生學成歸國，很多在大學、專科學校教書，一部分在商務印書館、中華書局等各地出版機構、報社或文化教育部門工作，成為這方面的骨幹

4　轉引自黃福慶《清末留日學生》，中國台灣「中央研究院」近代史研究所出版，1975 年。

5　參閱錢單士厘《癸卯旅行記》。1903 年官費留俄學生為 4 人。

力量。拿「五四」時期的北京大學來説，202 名教師中，留過學的佔很大部分，他們取代了原聘的外籍教師，全體教師的平均年齡只有 30 多歲。再拿《中國新文學大系 1917-1927・史料索引》列有「小傳」的 142 位作家（其中也有少數與新文學家論戰者）來説，到國外留過學或工作、考察過的有 87 位，佔了 60% 以上。留學或考察日本的有魯迅、陳獨秀、周作人、陳望道、田漢、郭沫若、郁達夫、成仿吾、劉大白、沈尹默、穆木天、夏丏尊、陳大悲、錢玄同、歐陽予倩、馮乃超、羅黑芷、馮雪峰、陶晶孫、鄭伯奇、張資平、滕固、白薇、葉靈鳳、劉大傑、章士釗、王任叔、沈雁冰、沈玄廬、汪馥泉、梁啟超、孫俍工、徐祖正、徐蔚南、廬隱、樊仲雲、謝六逸，共 37 人；留學美國的有胡適、陳衡哲、汪敬熙、林語堂、聞一多、梁實秋、冰心、洪深、楊振聲、張聞天、梅光迪、胡先驌、朱湘、熊佛西，共 14 人；留學德國的有蔡元培、宗白華，共 2 人；留學英國的有丁西林、袁昌英、陳西瀅、凌叔華、徐志摩、梁遇春、許地山、于賡虞、朱自清、李霽野、傅斯年，共 11 人；留學法國及比利時的有李金髮、劉半農、李青崖、孫福熙、王獨清、李劼人、鄭振鐸、金滿成、梁宗岱、陸侃

如、馮沅君、黎烈文、蘇雪林（蘇梅），共 13 人；留學蘇俄的有瞿秋白、曹靖華、韋素園、沈澤民、耿濟之、蔣光慈，共 6 人；留學瑞士的有宋春舫。此外，王統照先後考察過日本、歐洲，胡愈之曾漫遊歐洲、蘇俄，高長虹 20 年代末去日本，後又去歐洲，在法國參加共產黨。應該說，這就是新文化運動和文學革命能夠興起並在全國範圍內取得成功的一個重要背景。

「五四」作家是中國文學史上真正「睜眼看世界」的一代，是對西方文學和西方文化不只懂得某些表面，而且了解內在精神及其最新發展的一代。前一代中國知識分子像嚴復、林紓、梁啟超等已經把西方一些理論著作、一批文學作品和若干文學觀念介紹到中國，但他們其實對西方文化、西方文學了解得還不多。林紓自己完全不懂外文。梁啟超那些鼓吹政治小說功效如何神奇的言論，實際只是人們的想像和編造出的神話。康有為考察歐洲以後，居然得出西方國家經常發生政變是因為他們宮廷圍牆太矮這樣淺薄可笑的結論。而「五四」這一代知識分子已經完全不同。他們對西方文學和文化已了解得相當深入。他們的文化背景和知識結構已有了極大的改變。

「五四」一代作家知識結構上第一個顯著特點，是文化程度較高、外語掌握較好。

　　以進入《中國新文學大系 1917-1927・史料索引》的142 位作家為例，大專以上文化程度的 130 位，佔九成以上，他們一般都通曉母語以外的一兩種外語，其中有譯作的 103 位，佔 73% 以上。即使沒有進入《中國新文學大系 1917-1927・史料索引》的作家，還有不少照樣是到外國留過學的。像文學研究會發起人之一的朱希祖，新文化運動重要參加者李大釗、吳虞、許壽裳，還有李叔同、章克標，就都是留學日本的。像話劇作家余上沅、顧毓琇（顧一樵），語言學家趙元任，《學衡》的吳宓，就都是留學美國的。被魯迅稱為「中國最為傑出的抒情詩人」的馮至，就是留學德國的。1924 年起發表長篇小說的老舍，則是長期在英國教書的。這些人當然也都通外語。

　　值得注意者，「五四」作家中有一部分學的專業就是外語。像廢名、凌叔華、梁遇春、陳煒謨、陳翔鶴都是大學英文專業畢業，梁宗岱、敬隱漁學的是法文，而瞿秋白、耿濟之、曹靖華、韋素園本來就專攻俄文。甚至還有一些作家精通西方多種語言，如林語堂，曾留學

美、法、德諸國，不但懂英語，還懂法語、德語，而且能用英文寫八部長篇小說，做到在西方暢銷，1975年被提名為諾貝爾獎候選人。據有的英文專家說，林語堂英文好不僅在於英文本身，還在於他摸透了西方人的欣賞習慣和欣賞趣味，他是用這種欣賞習慣和欣賞趣味來寫中國的人和事的。所以這位專家說，林語堂的英文好到了無法翻譯成中文，正如他的中文好到了無法翻譯成英文，一翻譯就失去原文的味道[6]。我知道林語堂的一些中文小品確實寫得不錯，像〈臉與法治〉中的一段：「中國人的臉，不但可以洗，可以刮，並且可以丟，可以賞，可以爭，可以留。有時好像爭臉是人生第一要義，甚至傾家蕩產為之，也不為過。在好的方面講，這就是中國人的平等主義，無論何人總須替對方留一點臉面。」對中國人脾性了解透徹，文字也用得恰到好處，從具象上升到抽象，產生飛躍而又比較精練，有漢語特有的那種排比的美以及由此帶來的氣勢，翻譯成外文就得補充很多文字，變得囉唆，沒有味道。所以我也相信這位專家說的，林語堂的英文大概也很難翻譯成有味道的中文。

6　見趙毅衡〈林語堂與諾貝爾獎〉一文，載《中華讀書報》2000年3月1日第17版。

而外語能達到這種水平，是很難得的。

「五四」作家回憶自己的創作經歷時，經常會講到同外文閱讀的密切關係。葉紹鈞在《過去隨想》中說：「如果不讀英文，不接觸那些用英文寫的文學作品，我決不會寫什麼小說。」魯迅說他自己寫小說，「大約所仰仗的全在先前看過的百來篇外國作品和一點醫學上的知識」[7]。鄭伯奇在《中國新文學大系・小說三集・導言》中，也曾指出：「現在回顧這短短十年間中國文學的進展，我們可以看出西歐二百年中的歷史在這裏很快地反覆了一番。……我們只想指出這短短十年中間，西歐兩世紀所經過了的文學上的種種動向，都在中國很倉促而又雜亂地出現過來。」由此可見，文化程度高，外語掌握好，直接拓寬了「五四」作家的視野，更新着他們的思想與知識的素質。

「五四」一代作家知識結構上第二個顯著特點，是具有相對豐富的自然科學、技術科學知識。

受當時「科學救國」、「實業救國」思潮的影響，「五四」作家最初在學校裏學的大多是理、工、農、醫

7　魯迅：《南腔北調集・我怎麼做起小說來》。

等屬於實學方面的專業，真正學習文學、戲劇、美術的並不多（留學生出國學政法的倒是相當多）。像魯迅、郭沫若、郁達夫、陶晶孫、賴和學的都是醫學，周作人學的是土木工程，丁西林學的是物理與數學，鄭振鐸、王思玷學的是鐵路，趙景深學的是紡織，成仿吾學的是兵器製造，胡適最初學的是農業，後來才改學哲學，馮乃超、穆木天、章克標、李青崖學的是理科，夏丏尊、王以仁、朱湘學的是工科，汪靜之學的是茶務，王餘杞、朱大枬學的是交通，張資平學的是地質，洪深學的是陶瓷工程，顧毓琇學的是電機工程，胡先驌學的是植物學，汪敬熙、鄭伯奇、白薇學的是心理學，滕固學的是藝術考古，諸如此類。加上一部分人學習的是邊緣性、綜合性學科（像徐志摩、宋春舫、陳西瀅學的政治經濟學，孫俍工、徐玉諾、王任叔、許傑學的師範，等等），其中也有理工常識，因此，總結起來說，「五四」作家接觸理、工、農、醫及數學乃至天文等知識的就相當多。這種情況對文學發展有弊也有利，弊在文學修養可能不足，卻也有好的影響，而且利大於弊。以徐志摩為例，他雖然學政治經濟學，但他對愛因斯坦的相對論以及天文學、數學非常有興趣。他自己在〈猛虎集序〉

裏說：「在二十四歲以前我對於詩的興味遠不如我對於相對論或民約論的興味。」梁啟超主編的《改造》雜誌1921年4月第3卷第8期上就發表了徐志摩寫的〈安斯坦相對主義——物理界大革命〉一文。他參考了六種有關相對論的英文著作，對「四維時空」等科學概念，做了深入淺出、生動直觀的解釋。那時距愛因斯坦廣義相對論的創立才五年，距狹義相對論的創立才十五年。徐志摩可能是中國最早介紹愛因斯坦的人（1921年正是愛因斯坦獲諾貝爾獎的一年）。梁啟超說他原先對「愛因斯坦的哲學」看過許多「卻未曾看懂」，直到看了徐志摩這篇文章「才懂了」[8]。劉半農是語言學家，他在1921年就向蔡元培提交〈提議創設中國語音學實驗室計劃書〉，認為「研究中國語言，並解決中國語言中一切與語音有關之問題，非純用科學的實驗方法不可」，這導致他首次在中國建立「語音樂律實驗室」。這種科學的基礎訓練，對「五四」作家有極大的好處，不但推動他們去接受理性啟蒙精神，形成比較穩固的科學世界觀，而且造就了他們知識結構上的現代性與寬廣性。

8　可參閱劉為民〈科學與中國現代文學〉（安徽教育出版社2000年12月出版）第14章。此處引文見林徽因〈悼志摩〉，原載1931年12月7日《北平晨報》。

科學知識也有助於「五四」作家理解和接受西方近代以來的多種文化思潮與文藝思潮。沒有科學知識做基礎,「五四」問題小說就不會那麼熱,反迷信的主題不會那麼盛行;沒有科學知識做基礎,「五四」作家接受寫實主義也許不那麼容易,因為寫實主義作為自覺的創作方法和文藝思潮,它的興起是和近代科學的發展、人類的觀察和思維趨於細密直接關聯的。王蒙曾說:「現實主義寫對話如聞其聲,寫肖像、場景如月光、晨霧、樹林、暴風雪、海、船使人如臨其境,都達到了前所未有的高峯。……我覺得西方現實主義大師在描寫上的功力與科學技術和實證主義的發展有關,中國古典小說不重細節的描寫,重在意會,寫一個女子好看 —— 身如弱柳,面似桃花,這無法從實證的角度去分析。而西方的幾何學、光學比我們發達,給它的文學描寫帶來一種準確感、精確感。」[9] 他的這個體會是有道理的。科學知識的充實和豐富,加上西方現實主義文學的薰陶,使一部分中國作家趨向寫實主義。知識結構的更新和寬廣,也直接影響到「五四」作家的藝術思維和想像力,影響

9　　王蒙:〈小說的世界〉,載上海《小說界》雜誌 1996 年第 2 期。

到他們創作意象的構成。沒有對佛洛伊德學說和現代心理學的了解，現代主義思想、現代主義藝術方法的接受也變得沒有可能，魯迅的《補天》、《白光》以及借夢境來構思的大部分《野草》，郭沫若的《殘春》、《葉羅提之墓》、《喀爾美蘿姑娘》、《LÖbenicht的塔》，以及像汪敬熙的《一個勤學的學生》、林如稷的《將過去》、郁達夫的《青煙》這些小說或散文，恐怕都很難產生。沒有現代天文學知識，「五四」詩人們也許沒有那麼強烈的宇宙意識，冰心在《繁星》裏大概就不會寫這樣的詩句：「我們都是自然的嬰兒，臥在宇宙的搖籃裏。」(《繁星·十四》)郭沫若在《鳳凰涅槃》中也不會提出這一系列的問題：「宇宙呀宇宙，你為什麼存在？你自從哪兒來？你坐在哪兒在？你是個有限大的空球？你是個無限大的整塊？你若是有限大的空球，那擁抱着你的空間，他從哪兒來？你的外邊還有些什麼存在？你若是無限大的整塊，這被你擁抱着的空間，他從哪兒來？你的當中為什麼又有生命存在？你到底是有生命的交流？你到底還是個無生命的機械？」徐志摩也不會在介紹愛因斯坦相對論之後的第二年，用散文詩的方式寫「夜，無所不包的夜」，「在這靜溫中，聽出宇宙進行的聲息」，「自己的幻

想，感受了神秘的衝動」，「飛出這沉寂的環境，去尋訪更玄奧的秘密」，「最後飛出氣圍，飛出了時空的關塞，當前是宇宙的大觀！幾百萬個太陽，大的小的，紅的黃的，放花竹似的在無極中激蕩、旋轉……」(《夜》)這是在地球上靜謐的夜晚宇宙中同時呈現出的極其壯麗的景象！可以説很好地體現了「五四」一代作家藝術想像的特點。

第三，「五四」作家在人文精神方面，最重要的是接受了人的個體本位價值觀念，或者叫作「個性主義思想」。

戊戌變法時期的譚嗣同，雖然在《仁學》中首揭「個人自主之權」，但那還只是先驅者個人的覺悟，只有到「五四」時期，這種思想才成為一代人的共識，形成時代風尚。通常所謂「文學革命最大功績在於『人』的發現」[10]，這人，就是個體本位意義上的人，其內涵就是尊重每個人的權利和意志，尊重每個人的主體精神和獨立思考的品格。《新青年》講的民主、平等、自由，其基礎就是尊重人的個體權利。所以周作人在《人的文學》

---

10 參閱茅盾〈關於創作〉、郁達夫《中國新文學大系 1917—1927 · 散文二集 · 導言》。

中说，人道主義就是「個人主義的人間本位主義」。接受這種個性主義思想，對於歷來只強調君權、族權、父權、夫權而不強調個人權利的中國人來說，是價值觀、人生觀的巨大變化，也是人文精神現代化的重要標誌。在「五四」時期，小説《傷逝》女主人公子君所説的「我是我自己的，他們誰也沒有干涉我的權利！」小説《隔絕》女主人公所説的「身命可以犧牲，意志自由不可以犧牲，不得自由我寧死！」幾乎成了青年知識界共同的口頭禪。然而，所謂個性主義、個人主義，並非後來人們誤解的那種只顧自己，不顧別人的自私自利。恰恰相反，既然要尊重每個人的權利，那就是説，人們不但要懂得自尊，還要懂得尊重別人；自己不受別人壓迫，也不去壓迫別人；自己不做別人的奴隸，也不讓別人做自己的奴隸。這就是魯迅在《狂人日記》中提出要改變「人吃人」現象、「救救孩子」、做「真的人」的實際涵義，也是《故鄉》中「我」聽到閏土叫一聲「老爺」禁不住從靈魂深處感受到震顫，強烈地要求打破人和人之間那層「可悲的厚障壁」的原因，以及《阿Q正傳》中魯迅為「假洋鬼子」不准阿Q革命感到憤怒，同時又為阿Q不准小D革命感到悲哀的道理所在。彭家煌有篇小説

《Dismeryer 先生》，正面表現了這一內容：一個在上海做工的德國人失業之後非常狼狽，只得住在別人的廚房裏，靠變賣東西維持生活，吃了上頓沒下頓。鄰居 P 先生想起自己過去在法國勤工儉學時的艱難，就對他很同情，想幫他找個合適的職業，卻又無能為力。有一次偶然留德國人吃了一頓飯，德國人就誤認為他們夫婦經濟比較寬裕而又熱情好客，以後他就常常在 P 先生夫婦吃飯時出現，還儘量幫 P 先生家裏做點雜務。日子長了，P 先生夫婦實在負擔不起，卻又不好意思說出來。有一天，P 先生的夫人就設法在天未黑下來時提前吃飯。這位可憐的德國人到亮燈時分又來敲門，還帶來他變賣最後一點東西換來的菜，但看到的已經是碗盤狼藉的場面，以及夫婦倆非常尷尬的表情，於是他明白了一切，頹喪地退了出去。等到 P 先生責備夫人，他夫人也覺得自己做得不應該，再去誠心誠意地請他吃飯時，德國人推託說自己已經吃過了。而且，從第二天起，人們在這棟房子裏再也見不到這個德國人了。小說細緻真切地寫出了處於困境中的三顆善良而又各有個性的心靈，他們相濡以沫，但又自覺地不願給對方添加負擔 —— 物質的負擔或精神的負擔。他們懂得自尊，同時也懂得尊重

別人，不願傷害別人的自尊心。趕走一個不相干的人吃飯，甚至罵他幾句，給他一點難堪，這在有些人太容易了，而在 P 先生做起來卻很困難。這是真正表現現代人應有的思想的小說，在「五四」以前的時期很難出現。

個體本位思想擴展到國家、民族關係上，那就是：每一個國家、每一個民族既不受別的國家、別的民族的壓迫，也決不要去壓迫別的國家、別的民族。鴉片戰爭以後的近代中國知識分子，都深深感受了國家貧弱遭欺凌的痛苦，都在探索改變國家命運的途徑，但他們追求的目標其實很不一樣。許多士大夫和知識分子希望國家富強起來，恢復中國作為天朝大國的地位，繼續成為世界的中心。王韜主張學習西方，最後讓中國強大，使西方臣服。他說：「以中國之大而師西國之長，集思廣益，其後當未可限量，泰西各國固誰得而頡頏之！」他堅信，西方將在重新強大起來的中國面前「俯首以聽命」[11]。康有為寫過一組《愛國歌》，用一種傲慢的口氣聲稱：「唯我有霸國之資格兮，橫覽大地無與我頡頏。」詩歌末尾以這樣的信念收束：「縱橫絕五州兮，看黃龍旗之

11　王韜：〈變法（下）〉，《弢園文錄外編》第 16 頁，中華書局 1959 年 10 月出版。

飛舞。」[12] 梁啟超在《少年中國説》中也説:「中國如稱霸宇内,主盟地球,則指揮顧盼之尊榮,唯我少年享之。」

1908 年,上海小説林社出版過一本小説叫《新紀元》(署「碧荷館主人」作),是有關中國未來的暢想曲。它寫中國實行君主立憲,經過八九十年變革,到 20 世紀末年已經國富兵強,人口一千兆,在世界上首屈一指。中國上議院在 1999 年決定廢除西元紀年而改用黃帝曆(西元 2000 年,據説正是黃帝紀年 4709 年),這引起白種人國家的害怕,並引起匈牙利國內黃白人種間的衝突。匈牙利國王請求中國大皇帝出兵保護,終於引發一場世界大戰。結果中國在全世界黃種人協助之下獲得勝利,迫使歐美各國簽訂有利於中國的和約。匈牙利從此也改奉黃帝曆。於是萬國來朝,中國達到鼎盛時期。這些人構想的目標,都是要讓中國稱霸。但「五四」時期魯迅等人追求的目標已完全不同。魯迅希望中國富強,卻決不希望中國稱霸,決不希望中國重新成為世界的中心,他只希望中國平等地屹立於世界各國面前。魯迅把那種讓中國稱霸的想法叫作「舊式的覺悟」而加以譴責。當

---

12 《萬木草堂詩集》,上海人民出版社 1996 年出版。

有人津津樂道於「朝鮮本我藩屬」時，魯迅卻感到這類思想的可怕，他在翻譯了日本作家武者小路實篤的反戰劇本《一個青年的夢》之後說：

中國人自己誠然不善於戰爭，卻並沒有詛咒戰爭；自己誠然不願出戰，卻並未同情於不願出戰的他人；雖然想到自己，卻並沒有想到他人的自己。譬如現在論及日本併吞朝鮮的事，每每有「朝鮮本我藩屬」這一類話，只要聽這口氣，也足夠教人害怕了。[13]

在《醫生》的譯者附記中，魯迅又說：

人說，俄國人有異常的殘忍性和異常的慈悲性；這很奇異，但讓研究國民性的學者來解釋罷。我所想的，只在自己這中國，自殺掉蚩尤以後，興高采烈的自以為制服異民族的時候也不少了，不知道能否在平定什麼方略等等之外，尋出一篇這樣為

13　人民文學出版社 1981 年版《魯迅全集》卷 10，第 195 頁。

弱民族主張正義的文章來。[14]

　　可見，無論在對待國外的弱小國家和國內的弱小民族方面，魯迅都主張平等、主張正義、主張和平相處。他不願自己做別人的奴隸，卻也不願別人做自己的奴隸。正是在這一點上，體現了魯迅思想的現代性，體現了「五四」新文學的現代性，測量出了魯迅與康有為那代人思想上的距離。魯迅和「五四」一代作家嚮往一種平等、合理的社會，不希望有壓迫和欺凌。

　　第四，也許由於進入一個新的覺醒時代的緣故，「五四」作家對哲學表現出極大的關心和濃烈的興趣。

　　尤其年輕的一代，他們不斷討論人生是什麼以及樹立怎樣的人生觀等問題。正像冰心 1920 年寫的一篇小說中主人公說的那樣：

　　　　從前我們可以說都是小孩子，無論何事，從幼稚的眼光看去，都不成問題，也都沒有問題。從去年以來，我的思想大大的變動了，也可以說是忽然

14　人民文學出版社 1981 年版《魯迅全集》卷 10，第 177 頁。

覺悟了。眼前的事事物物，都有了問題，充滿了問題。比如說：『為什麼有我？』——『我為什麼活着？』——『為什麼念書？』下至穿衣，吃飯，説話，做事，都生了問題。從前的答案是：『活着為活着』——『念書為念書』——『吃飯為吃飯』，不求甚解，渾渾噩噩的過去。可以説是沒有真正的人生觀，不知道人生的意義。現在是要明白人生的意義，要創造我的人生觀，要解決一切的問題。⋯⋯[15]

這位主人公所説的，其實也有冰心自己的感受和體驗在內。那時的知識青年都希望從哲學上尋找答案，這反映出「五四」一代是思考的一代。體現在小説上，就有像俞平伯的《花匠》、許地山的《綴網勞蛛》、孫俍工的《前途》、冰心的《超人》等一大批哲理性作品，這些作品有的有情節，有的只是象徵性的速寫，寄寓着人生的感受和生活的意味。「五四」作家對人生哲學的看法大致上有三派：以冰心、王統照、葉紹鈞、夏丏尊等為代表的作家，積極主張以愛和美的哲學來喚醒人生、

15　冰心：〈一個憂鬱的青年〉，原載 1920 年 9 月《燕大季刊》第 1 卷第 3 期，署名謝婉瑩。

溫潤人生、彌合人生、改造人生，他們的一些小說創作（如冰心的《悟》、王統照的《微笑》、葉紹鈞的《春遊》、《潛隱的愛》），都滲透着愛的哲學。另一種，則以文學研究會廬隱、淺草—沉鐘社林如稷、創造社郁達夫等為代表的傷感、厭世、苦悶、彷徨的傾向。他們對人生的答案是四顧茫然，厭恨交加，覺醒了而感到無路可走，他們的情緒比較消沉、悲觀一點，而對現實的感受則可能比較深刻一點。魯迅說他們吞飲了尼采、波德賴爾等的「世紀末的果汁」。還有一派帶點道家、佛家的色彩，主張任其自然，反對人為的剪裁壓制，坦然迎接命運的考驗，但還是積極編織人生的網，雖遇風雨也不消沉氣餒，那就是許地山、俞平伯等（他們兩人也不一樣）。

這種對哲學的追求、對人生的追問，其實還有一個大背景，那就是在歐洲發生的第一次世界大戰以及人們對它的反思。戰爭像一部巨大的絞肉機，四年當中屠殺了千千萬萬生靈，摧毀了人們對科學發展的樂觀情緒以及所謂科學萬能的幻想，帶來了人們對資本主義制度的懷疑，消極方面還帶來「今朝有酒今朝醉」的人生享樂主義。梁啟超 1920 年發表的《歐遊心影錄》中有這樣一段話說到歐戰前後人們的思想：

全社會人心，都陷入懷疑沉悶畏懼之中，好像失了羅針的海船遇着風霧，不知前途怎生是好。既然如此，所以那些什麼樂利主義、強權主義越發得勢。死後既沒有天堂，只好這幾十年盡情地快活。善惡既沒有責任，何妨盡我的手段來充滿我們個人欲望。然而享用的物質增加速率，總不能和欲望的升騰同一比例，而且沒有法子令他均衡。怎麼好呢？只有憑自己的力量自由競爭起來，質而言之，就是弱肉強食。近年來什麼軍閥，什麼財閥，都是從這條路產生出來。這回大戰爭，便是一個報應。……在這種人生觀底下，那麼千千萬萬人前腳接後腳的來這世界走一趟住幾十年，幹什麼呢？獨一無二的目的就是搶麵包吃。不然就是怕那宇宙間物質運動的大輪子缺了發動力，特自來供給他燃料。果真這樣，人生還有一毫意味，人類還有一毫價值嗎？無奈當科學全盛時代，那主要的思潮，卻是偏在這方面，當年謳歌科學萬能的人，滿望着科學成功，黃金世界便指日出現。如今功總算成了，一百年物質的進步，比從前三千年所得還加幾倍。我們人類不惟沒有得着幸福，倒反帶來許多災難。

好像沙漠中失路的旅人，遠遠望見個大黑影，拼命往前趕，以為可以靠他嚮導，那知趕上幾程，影子卻不見了，因此無限悽惶失望。影子是誰，就是這位「科學先生」，歐洲人做了一場科學萬能的大夢，到如今卻叫起科學破產來。[16]

正是在這種情況下，中國 20 世紀 20 年代初就引發了一場科學與人生觀問題的討論，這場討論既破除了反科學的唯心主義哲學 —— 玄學的理論，也在某種程度上糾正了庸俗的機械唯物論以及科學萬能論的許多說法，因而為胡適、陳獨秀的科學人生觀的傳播掃清了道路。在國外留學的青年，他們沒有國內青年那麼多玄想，他們面對的是資本主義現實的各種問題。如貧富懸殊、道德淪喪、民族歧視，等等。他們對民族歧視感受尤深。留學美國的聞一多，在《洗衣歌》等詩中強烈地表現了作為中國人的民族屈辱感和憤怒抗議聲。許多在日本的學生同樣深刻感受到弱國子民所受的民族歧視：魯迅在仙台醫專考得「中上」的成績，竟被日本同學懷疑為作

16　梁啟超：《歐遊心影錄》，《梁任公近著》第 1 輯上卷，第 19-23 頁。

弊來的；郁達夫更經常感到中國人被日本人看不起；郭沫若當時曾用兩句話來概括他們的留學生活：「讀的是西洋書，受的是東洋氣。」[17] 另一突出感受是第一次世界大戰後歐洲戰場的嚴重後果以及貧富懸殊等問題。留法勤工儉學的學生，來到曾經是歐戰主戰場的法國，面對的是經濟蕭條，見到的是貧窮與衰敗。有的學生甚至發現當時的上海比巴黎生活水平還高。他們觀察的結果，認為資本主義制度有許多問題，因而最激進的一部分人把注意力轉向一種新的哲學 —— 馬克思主義的唯物史觀。而有些保守一點的知識分子則以發揚國粹來抵禦資本主義現代化過程中出現的道德淪喪，形成「學衡派」和後來的「新儒家」。這樣，西方文化思潮中保守的新人文主義和激進的先鋒派 —— 現代主義乃至後現代主義都易被一部分人接受。

「五四」一代作家對西方文學及其發展歷史當然也有比較全面、比較深入的了解，這只要對比一下陳獨秀的〈歐洲文藝史譚〉和梁啟超的〈論小說與羣治的關係〉兩篇文章就清楚了。現代的較為科學的文學觀念本身，

17　《二葉集》，亞東圖書館 1920 年版，第 165 頁。

也是從「五四」一代才真正建立的，在此之前，一直留有將文學和非文學的文章混在一起、含糊不清的狀況。這方面暫且留待其他機會再做探討。

那麼，我們能否把「五四」一代作家估計成「西化的知識分子」呢？似乎還不能。

這代作家從童年時代起，幾乎都受過傳統的舊式文化教育：上私塾，讀四書五經。魯迅參加過縣考，中過秀才。蔡元培更參加過京考，中過進士，成為翰林院編修。後來的年輕一代只是因為清廷 1905 年廢除科舉制度，才切斷了中舉當官的人生道路。他們批判「三綱」，反對「三綱」，主張個性解放，看來很激進，但倫理道德觀念深處，仍保持着不少傳統的東西。特別是恪守孝道，一般對父母尤其對母親是很孝敬的。正像魯迅小說《孤獨者》裏那個魏連殳，給人印象很古怪：「常說家庭應該破壞，一領薪水卻一定立即寄給他的祖母，一日也不拖延。」男女平等的新思想的傳入，似乎更使人們同情、尊重自己的母親和祖母，多盡一份孝心。這最突出地表現在個人婚姻上。以魯迅為例，他很不願意同完全沒有感情基礎的朱安女士結婚。但為了不使守寡的母親傷心，1906 年他仍然從日本回到紹興完婚，犧牲了自

己的個人幸福以滿足母親的要求。在「五四」時期寫的隨感錄中，他苦澀地說：「愛情是什麼東西？我也不知道。」[18] 同樣的情形在胡適身上也發生了。這位被人們視為「五四」時期反傳統的領袖人物，也遵從母親之命同江冬秀女士在 1918 年初（或 1917 年底）結婚。他在 1918 年 5 月 2 日給少年時代朋友胡近仁的信中說：「吾之就此婚事，全為吾母起見。故從不曾挑剔為難（若不為此，吾決不就此婚事。此意但可為足下道，不足為外人言也）。」在 1921 年 8 月 30 日日記中，還記下他同高夢旦談話的要點，說「當初我並不曾準備什麼犧牲，我不過心裏不忍傷害幾個人的心罷了」。早年因父母包辦而結婚的還有李大釗、陳獨秀、顧頡剛、郭沫若、郁達夫、聞一多、朱自清、傅斯年、蘇雪林等，他們都沒有正面反抗。傅斯年 15 歲就聽從母命與一位姑娘成婚。雖然其中有些人後來經過自由戀愛又重新結婚，但當初接受包辦婚姻，確實說明傳統的倫理道德觀念對他們有極深的影響。

18　魯迅：〈隨感錄四十〉，原載《新青年》第 6 卷第 1 號，1919 年 1 月 15 日出版。

「五四」全盤反傳統問題之考辨

我今天所要涉及的「五四」全盤反傳統問題，來源於美國的一位學者，就是美國威斯康辛大學歷史系林毓生教授。他有一本書，叫《中國意識的危機》，1986年由貴州人民出版社出版，是穆善培先生翻譯的。這本書出版以後在中國引起了一定的反響。當時年輕的學者有些贊成，有些不贊成。所以我想借他的這個話題說說我的一些想法。林毓生教授的觀點很激烈，他把「五四」和「文革」相提並論，認為「五四」是全盤反傳統的，而徹底的反傳統就造成了中國文化的斷裂，帶來了中國意識的危機，影響所及，才會有後來的「文化大革命」。用林教授的話來說：「在中華人民共和國的歷史中，又重新出現『五四』時代盛極一時的『文化革命』的口號，而且發展成非常激烈的 1966-1976 年的『文化大革命』，這決非偶然。這兩次文化革命的特點，都是要對傳統觀念和傳統價值採取疾惡如仇、全盤否定的立場。」林先生還認為：「20 世紀中國思想史的最顯著特徵之一，是對中國傳統文化遺產堅決地全盤否定的態度的出現與持續。」而首開風氣的是「五四」。贊成林教授觀點的

有的年輕學者，雖然對新文化運動的功績有所肯定，卻也認為：「主導『五四』文化運動的領導者與文化的激進主義結下了不解之緣，其表現為以『打倒孔家店』為口號的全盤否定儒家與中國傳統文化的激烈態度。」而且我看到這種觀點已經被寫進了《二十世紀中國文學史》中，該書認為沒有「五四」可能就沒有後來的「文革」，「五四」直接影響了後來的「文革」。

這樣一種說法是需要討論的。把「五四」歸入激進主義並不是不可以，與相對保守的學衡派相比，「五四」的主潮當然是激進的。但問題在於，像「五四」這樣一場文化運動，能不能叫作「全盤反傳統」？這種說法是不符合事實的。我把整個《新青年》——從 1915 年開始創刊的《青年雜誌》（第一卷叫《青年雜誌》，第二卷起才叫《新青年》）到 1923 年成了中共中央機關刊物的《新青年季刊》——都讀了一遍，我想講一些個人的看法。

下面分三個問題來講。

一、「五四」新文化運動真是全盤反傳統嗎？

「五四」新文化運動有自己的問題，但是不能把這場運動的性質判定為「全盤反傳統」。林毓生先生的一個

大前提恐怕靠不住：他認為「五四」新文化運動之所以發生，是因為「辛亥革命推翻普遍君權」，造成了「傳統文化道德秩序崩潰」，「五四」就是在這種背景下起來，利用這個空隙來「全盤反傳統」的。這就把事情講反了。辛亥革命是推翻了清朝皇帝，但並沒有認真破除君權觀念、綱常名教和封建道德，「君為臣綱，父為子綱，夫為妻綱」這一套還在人們頭腦中深深扎根。辛亥革命之前民主共和的輿論準備很不夠，當時主要是動員漢族起來反對滿族貴族的統治，革命內容主要是反滿，傳統文化道德秩序並沒有崩潰、並沒有解體。如果君主專制真的已經成為人人喊打的過街老鼠，那麼還會有 1916 年袁世凱的稱帝嗎？還會有 1917 年張勳的扶植溥儀復辟嗎？「五四」的一位學者高一涵在當時就說：辛亥革命「是以種族思想爭來的，不是以共和思想爭來的；所以皇帝雖退位，而人人腦中的皇帝尚未退位」（〈非君師主義〉），這個看法是符合實際的。辛亥革命吃虧的地方，就是不像法國大革命之前有一個啟蒙運動，以致革命之後，封建思想、帝制思想還普遍存在於人們頭腦裏，認為沒有皇帝不行。舉個簡單的例子：連楊度這樣一位曾經幫助過孫中山、堅決擁護改革的人，在 1915-1916 年

竟然也提出「共和不適合於中國」，他給袁世凱上表「勸進」，勸袁當皇帝。所以，林毓生先生所謂「辛亥革命推翻普遍君權」，造成「傳統文化道德秩序崩潰」這個大前提就搞錯了，他沒有顧及許多事實，只是出於想當然。

弄清了這個大前提，我們才能正確理解「五四」。可以說，正是由於袁世凱和張勳接二連三的復辟，重新恢復帝制，以及像康有為這樣維新運動中的激進人物都主張要把孔教奉為國教，列入民國時代的憲法，都擁護帝制，才引起了新一代知識分子的憂慮和深思。「五四」先驅者們覺得，中世紀的封建文化思想還深深地統治着人們的頭腦，所以需要一場新文化運動，所以需要文學革命。陳獨秀在〈舊思想與國體問題〉一文中說得明白：

> 腐舊思想佈滿國中，所以我們要誠心鞏固共和國體，非將這班反對共和的倫理、文學等等舊思想，完全洗刷得乾乾淨淨不可。否則不但共和政治不能進行，就是這塊共和招牌，也是掛不住的。

「五四」新文化運動就是在這樣一種特定的歷史條件下發生的，它實際上從思想戰線的角度為辛亥革命補

上了缺少的一課。

在帝制擁護者抬出孔教為護身符的情況下，《新青年》編輯部為了捍衛共和國體，不得不圍繞現代人怎樣對待孔子和儒家的問題展開了一場爭論。1917年初，在陳獨秀發動重評孔學的運動之後，吳虞從四川致信陳獨秀說：「我常常說孔子自是當時的偉人，然而如果今天有人還要搞孔子尊君的一套，要恢復皇帝的制度，要阻礙文化之發展，要重新揚起專制的餘焰，我們就不得不來批判他（大意）。」這個話確切地說明了《新青年》是被迫應戰的。《新青年》上最早發表的評孔文章是易白沙的〈孔子平議〉，說理相當平實，作者認為：「孔子尊君權漫無限制，易演成獨夫專制之弊」；「孔子講學不許問難，易演成思想專制之弊」；孔子思想被歷代君主利用而造成許多悲劇，並不是偶然的。易白沙還認為：「各家之學，也無須定尊於一人。孔子之學，只能謂為儒家一家之學，必不可稱為中國一國之學。蓋孔學與國學絕然不同，非孔學之小，實國學範圍之大也。」「以孔子統一古之文明，則老莊楊墨，管晏申韓，長沮桀溺，許行吳慮，必羣起否認。」態度比易白沙更激烈的是陳獨秀。他的〈吾人最後之覺悟〉、〈憲法與孔教〉二文指

出：在民國時代，「定孔教為國教」是倒行逆施；「三綱說」「為孔教之根本教義」，「尊卑貴賤之所由分，即『三綱』之說之所由起也。此等別尊卑、明貴賤之階級制度，乃宗法社會封建時代所同然」。我們如果在政治上要採用共和立憲制，必須排斥這類學說。而且，陳獨秀還說，「舊教九流，儒居其一耳」，如果現在學習漢武帝的做法，罷黜百家，獨尊孔氏，學術思想就會形成專制，帶來的禍患就太厲害了，這種思想專制的可怕遠在政界帝王之上。在答常乃德的信中，陳獨秀還補充了一句：如果只許儒家一家存在，那麼孔學本身也會因為獨尊的緣故而僵化、衰落，因為沒有人跟它討論、批評。在〈復辟與尊孔〉中，陳獨秀又說：「蓋主張尊孔，勢必立君；主張立君，勢必復辟，理之自然，無足怪者。故曰：張、康復辟，其事雖極悖逆，亦自有其一貫之理由也。」陳獨秀由「三綱」為儒家根本思想，得出「孔教與帝制有不可離散之因緣」的結論。

所有這些，都說明新文化運動中骨幹人物的評孔批孔，並不是針對孔子本身，而是針對現實中的復辟事件和「定孔教為國教」這類政治舉措的。李大釗就說得明白：「余之掊擊孔子，非掊擊孔子本身，乃掊擊孔子為

歷代君主所雕塑之偶像的權威也;非搎擊孔子,乃搎擊專制政治之靈魂也。」當時那些批評孔子學說的文章,包括陳獨秀、易白沙、李大釗、胡適、高一涵以及後來的吳虞,他們的論文今天看來分寸不當是有的,但是沒有全盤否定孔子或儒家,更沒有全盤否定傳統文化。相反,《新青年》在發刊詞〈敬告青年〉中,規勸青年要以孔子、墨子為榜樣,樹立積極進取的人生態度。陳獨秀在〈再答常乃德〉的通信中,談到孔子的學說時說:「在現代知識的評定之下,孔子有沒有價值?我敢肯定的說有。孔子的第一價值是非宗教迷信的態度。……第二價值是建立君、父、夫三權一體的禮教。這一價值,在二千年後的今天固然一文不值……然而在孔子立教的當時,也有它相當的價值。」這就是承認孔子在封建社會發展的初期,他的禮教對封建政治體制有一種穩定、鞏固、推進的作用。陳獨秀說:「孔子不言神怪,是近於科學的。」這當然也是肯定。李大釗的〈自然的倫理觀與孔子〉一文說:「孔子於其生存時代之社會,確足為其社會之中樞,確足為其時代之聖哲,其說亦確足以代表其社會其時代之道德。」甚至說孔子如果活在今天,「或更創一新學說以適應今之社會,亦未可知」。他們都稱

歷史上的孔子為偉人、聖哲，肯定他做出過很大貢獻，只是認為儒家「以綱常立教」「焉能行於今日之中國」而已。對於儒家以外的諸子百家，當時新文化運動的宣導者也有分析，春秋時代的墨家就受到很高的評價。《新青年》第1卷第2號發表的易白沙〈述墨〉一文說：「周秦諸子之學，差可益於國人而無餘毒者，殆莫如子墨子矣。其學勇於救國，赴湯蹈火，死不旋踵（面對死亡也不後退），精於製器，善於治守，以寡少之眾，保弱小之邦，雖大國莫能破焉。」易白沙在文化上的理想是融合西方文化與中國傳統文化，兼取二者之長：「以東方之古文明，與西土之新思想，行正式結婚禮。」（〈孔子平議〉下）這哪裏有「全盤否定傳統文化」的意味呢！特別應該說明的是，「五四」當時並沒有「打倒孔家店」這個口號（「五四」的口號其實只是一個「民主」，一個「科學」，第三個是「文學革命」，即使在評孔批孔最為激烈的1916年到1917年，也沒有出現過「打倒孔家店」的口號）。那麼這種說法是怎麼出來的呢？事情只有那麼一點因由：1921年，新文化運動暫時告一段落，胡適為《吳虞文錄》作序，用了一些文學性的說法來誇獎吳虞（吳最有名的文章就是〈家族制度為專制主義之根據

論〉，認為中國的家族制度支撐了封建專制社會）。序的開頭說吳虞是打掃孔學灰塵的「清道夫」，末尾說吳虞是「『四川省隻手打孔家店』的老英雄」，這才有了所謂「打孔家店」的說法。胡適這一說法，原是一種文學形象，也帶點親切地開玩笑的成分，可以說是句戲言，不很準確。因為第一個評孔批孔的是易白沙，批孔最有力的是陳獨秀，吳虞是一年後才捲進來的，怎麼靠他的「一隻手」呢？而且胡適原話並沒有個「倒」字。後人拿胡適這句戲言，加上一個「倒」字，成了「打倒孔家店」，當作「五四」的口號，豈不有點可笑？

反對儒家「三綱」，革新倫理道德，這是「五四」新文化運動做的一件大事。另一件大事，就是提倡白話文，提倡新文學，提倡「人的文學」，發動文學革命。這也不像有些人所理解的那樣，要把幾千年的古典文學完全否定。陳獨秀的〈文學革命論〉裏確有那麼一句話，就是「推倒陳腐的鋪張的古典文學」。但只要讀讀上下文，就可以看出來，他所要推倒的古典文學，其實只是仿古的文學，是駢文、排律這類嚴格講究規則、講究聲律的古典主義文學。就在這篇文章中，陳獨秀用大量文字讚美了傳統文學裏的優秀部分，從《國風》，到《楚

辭》，到漢魏以後的五言詩，到唐朝的古文運動，一直到元明的劇本、明清的小說，他都是肯定的，認為是中國文學裏粲然可觀的部分，給予了很高的評價。只是批判了六朝靡麗的文風，同時批判了明朝主張復古的前後七子和桐城派的四位創始人歸、方、劉、姚。所以説，陳獨秀並沒有否定中國的古典文學。如果認為陳獨秀的文學革命就是否定古典文學，那是一種誤會。

　　總之，把「五四」新文化運動説成是全盤否定傳統文化、造成斷裂這種説法，在三個層面上都是説不通、不恰當的：第一，這種説法把儒家這百家中的一家當作了中國傳統文化的全盤，這是不恰當的。第二，這種説法把「三綱」為核心的倫理道德當作了儒家學説的全盤，這也是不恰當的。「三綱」在儒家學説中當然是很重要的，是綱領式的，但儒家首先講的還是「仁政」，「三綱」遠非儒家學説的全部。「五四」時着重反對儒家學説中的「三綱」，怎麼就等於把儒家全部否定呢？顯然不合邏輯。第三，這種説法忽視了即使在儒家文化中，原本就有非主流的異端成分存在。孟子那裏已有一些新的思想出現，他主張「民貴君輕」，反對把君權抬得那麼高，所以朱元璋就不高興。到了明代後期清代前期，在儒家內

部已經出現了具有啟蒙色彩的新的文化，像李卓吾、馮夢龍、黃宗羲、顧炎武、顏習齋、戴震等思想家、文學家，他們都是儒家，但是他們有許多新的思想，跟傳統儒家很不一樣。比如黃宗羲的《原君》就有啟蒙色彩，他絕對不會把君捧到一個至高無上的地位，誰也不許批評。這樣一批人物在儒家幾千年的歷史上雖然不佔主流地位，但這種異端成分是相當重要的。辛亥革命時期有一位學者鄧實，已經將黃宗羲等「不為帝王所喜歡」的思想稱為「真正的國粹」。「五四」除接受西方的科學、民主等外來思潮外，也繼承接受了儒家內部這些非主流地位的、異端色彩的「真正的國粹」。周作人談到自己所受古人思想影響時就說：「中國古人中給我影響的有三個人，一是東漢的王仲任，二是明的李卓吾，三是清代的俞理初。他們都是『疾虛妄』，知悉人情物理，反對封建禮教的人，尤其是李卓吾，對於我最有力量。『五四』時候有一個時期，大家對於李卓吾評論稱揚的很多，他的意見都見於所作《焚書》、《初譚集》及《藏書》中。這些書在明清兩朝便被列為非聖無法的禁書。他以新的自由的見解，來批評舊歷史，推翻三綱主義的道德，對於卓文君、武后、馮道諸人都有翻案的文章。

他說不能以孔子之是非為是非，可是文章中多是『據經引傳』。」[1] 所以，怎麼能說「五四」是對傳統文化的「全盤否定」，乃至於造成斷裂呢？

二、怎樣看待「五四」的偏激？

「五四」新文化人物當然有偏激的地方。例如對駢文、對京戲、對方塊漢字、對中國人的國民性，都有一些不合適的看法，都有一些過甚其辭的地方。像錢玄同稱京戲為「百獸率舞」，似乎看作是一種野蠻的戲；把駢體文罵為「選學妖孽」，把桐城派末流罵為「桐城謬種」；他還主張方塊字要廢除、要學世界語。產生這類看法的根源，在於他們對進化論歷史觀，對文藝的進化、文字的進化存在着簡單的、自以為科學其實卻可能是蒙昧的理解。他們認為，既然歐洲中世紀以後的文學藝術沿着古典主義──浪漫主義──寫實主義──自然主義這條路線進化而來，而且寫實主義、自然主義又確實同科學上的實證主義有關聯，那麼，同這種先進的、科學寫實的文藝相比，中國那種看重象徵的而非完全寫實的京戲

1　周作人 1949 年 7 月 4 日呈周恩來信，載《新文學史料》1987 年第 2 期。

當然就算是落後、野蠻的了。他們認為既然從文字學上說，象形文字是人類比較初級的文字，拼音文字才是比較先進、比較方便的文字，於是比較難學的方塊字當然就應該廢除、應該改換成拼音文字了。他們不知道，文藝其實很難以出現的先後來決定低或者高、劣或者優，不管發展到什麼階段，文學藝術永遠離不開象徵和象徵手法。有文學就有象徵，象徵不一定就落後。從《詩經》開始的賦、比、興中的興，就是一種象徵。並不是寫實就一定是最好的文學，對於詩歌恐怕更是這樣。他們也沒有想到，如果沒有書寫統一的方塊字，如果早就按方言使用拼音文字的話，中國眾多的方言區很可能早已像歐洲那樣分裂為許多個小國家了。歐洲許多所謂民族國家，實際上在文藝復興後才形成。它們語言上的差異並不很大，像法語、義大利語、羅馬尼亞語就可以相通，英語、德語也相當接近，可能還沒有中國的吳語、粵語、閩南話、客家話和各地區官話之間距離那麼大，那麼難以溝通。如果中國這麼大一個國家沒有方塊字，沒有秦代統一文字這一步，都是方言的話，那就會發生許多問題。但一用方塊字來書寫，問題就解決了。應當說，方塊字大大有助於中國的統一和穩固。他們更沒有

想到，幾十年後當電腦流行的時候，使用方塊字的效率絲毫不低於西方的拼音文字，甚至還可能超過拼音文字。所以，「五四」當時所理解的科學，確有「幼稚病」。

不過，這些偏激之處，在《新青年》內部以及周圍就有不同看法。錢玄同廢除方塊漢字的主張，就遭到他的老師章太炎的反對。魯迅 1918 年在〈渡河與引路〉中就批評錢玄同推廣世界語的主張是剛從四目倉頡面前站起來，又在柴門霍夫腳下跪倒。傅斯年也說：「錢先生都不曾斷定現在的 Esperanto 是將來的世界語。那麼 Esperanto 還是一個懸案；我們先把漢語不管了，萬一將來的世界語不是它，我們豈不要進退失據嗎？」錢玄同說人到四十歲就吸收不了新鮮事物，就應該槍斃，魯迅後來嘲諷他「作法不自斃，悠然過四十」。胡適提倡白話文是對的，但認為文言是「死的語言」就有點簡單化。傅斯年、劉半農等糾正了他的看法。到 1918 年〈建設的文學革命論〉中，胡適就接受了一些別人的意見，認為新式白話文也可以吸收某些文言成分。周作人提倡「人的文學」功勞很大，但他把《聊齋志異》、《西遊記》、《水滸傳》、《三俠五義》都說成「非人文學」就太簡單、太片面了。魯迅的《中國小說史略》就糾正了這類簡單

片面，胡適也不贊成周作人對某些古典小說的看法。經過內部的交換意見、討論、批評，後來這些人自己的看法都有變化。錢玄同的思想到 1925 年前後更發生了很大的變化。當然也有一些消極的東西留下了影響，比如胡適的「作詩如作文」的主張。他的反對者梅光迪一直認為作詩和作文在語言上是兩條路子，詩的語言和文的語言不一樣。梅光迪這個意見倒是對的。但是總的來說，「五四」先驅者偏激的地方都是局部性的，後來在認識和實踐中也有所糾正。即使拿「五四」當時不在新文化中心的毛澤東來說，他對「五四」的偏激方面也有認識。在抗戰時期寫的〈青年運動的方向〉、〈新民主主義論〉、〈反對黨八股〉等文章中，毛澤東一方面對「五四」肯定得很高，另一方面也清醒地指出「五四」存在着形式主義地看問題的偏向：「所謂壞就是絕對的壞，一切皆壞；所謂好就是絕對的好，一切皆好。」似乎西方的一切都好，而中國的一切都糟，毛澤東的〈反對黨八股〉就狠狠批評了這種偏向。毛澤東在三四十年代的著作裏多次講到孔子，口氣都是尊敬和肯定的，特別是在〈中國共產黨在民族戰爭中的地位〉那篇文章裏，講得非常明確，他說：「從孔夫子到孫中山，我們應該給以總結，

承繼這一份珍貴的遺產。」他稱孔子的學說是「一份珍貴的遺產」，可見他沒有跟着「五四」偏激方面走。

而且，偏激畢竟不是「五四」新文化運動的主要方面。總體上看，「五四」是一場由理性主導而非感情用事的運動。當時提倡民主、宣導科學、提倡新道德、提倡新文學，介紹近代西方人道主義、個性主義思潮，主張人權、平等、自由，這些都是服從於民族發展的需要而做出的理性選擇。胡適、周作人都鼓吹要「重新估定一切價值」，就是要將傳統的一切放到理性的審判台前重新檢驗、重新估價。在反對了儒學的綱常倫理和一味仿古的舊文學之後，他們又提倡科學方法，回過頭來整理中國古代的學術文化。魯迅寫了《中國小說史略》、《漢文學史綱要》，胡適寫了《白話文學史》、《中國哲學史》，進行古典小說的考證，就是要用現代的觀點、科學的方法重新整理研究中國古代文化。這就證明他們是要革新傳統文化，而不是要拋棄傳統文化，不是全盤否定中國的傳統文化。可以說，從「五四」起，中國思想的主潮才進入現代。「五四」是一場思想大解放的運動，是把中國的歷史和文化大大向前推進的運動。「五四」是接受近代中國思想文化危機的呼喚而誕生的，因為有

危機，才會有「五四」新文化運動。它本身並沒有帶來危機，而是基本上成功地解決了那場危機。直到今天，我們依然享受着「五四」新文化運動的成果。

三、「文革」與「五四」：背道而馳，南轅北轍

在我看來，「文革」並不像林毓生教授說的那樣是「五四」全盤反傳統的繼續和發展。恰恰相反，「文革」是「五四」那些對立面成分的大回潮，是「五四」新文化運動所反對的封建專制、愚昧迷信在新的歷史條件下的惡性發作。「文革」和「五四」充其量只有某些表面的相似，從實質上看，兩者的方向是完全相反的，可以說是南轅北轍。中國反對封建思想的鬥爭本來是一件長期的事情，僅僅「五四」那幾年不可能一蹴而就，啟蒙必須不斷地進行。真正的問題在於：一旦封建思想侵襲到革命內部，反起來就非常困難，比一般反封建難上千百倍。因為投鼠忌器，怕傷害革命，也因為封建思想有的時候是以革命的名義出現，用革命作護身符。延安時期丁玲發表《三八節有感》、《我在霞村的時候》、《在醫院中》，王實味發表《野百合花》，就是在解放區裏反對封建思想、反對宗法觀念、反對小生產意識，然而他們卻

付出了沉重的代價。中國畢竟是個小農意識猶如汪洋大海的國家，封建思想的影響幾乎無處不在，人們對這一點缺少清醒的認識。而缺少清醒的意識，放鬆了這一方面的警惕，就會出現問題。如果說 20 世紀 40 年代這還只是苗頭，那麼到 50 年末 60 年代初，個人專制的情況就已發展成為巨大的、嚴重的現實危機。有幾件事情可以說說：第一件事情是 1959 年盧山會議上，《人民日報》社社長吳冷西發言，建議加緊制定法律、完善法制，毛澤東一句話就頂回去：「你要知道，法律是捆住我們自己手腳的。」這是吳冷西在「文革」中做檢討時說的，他說毛主席高瞻遠矚，自己當時確實跟領袖人物的思想有距離。可見，毛澤東要的是無需法律、不受任何限制的那種行動自由。第二件事情是，到 50 年代末，對毛澤東的個人迷信已經達到相當可觀的程度。記得 1958 年秋，中宣部常務副部長周揚到北京大學中文系來做報告，就鼓吹「時代智慧集中論」，據他說，每個時代的智慧都會集中到某一方面。比方說 19 世紀的俄羅斯，時代智慧集中在文學藝術上，出現了許多偉大的作家、藝術家和文學批評家；20 世紀中葉的中國，時代智慧就集中在政治上，表現為黨中央有了毛澤東這樣英明偉

大的領袖，那是國際上都少有的。到 1959 年廬山會議上批判彭德懷時，劉少奇發言，明確提出「我們就是要搞點個人崇拜」。如果把這些話與 1956 年中共八大一次會議明確反對個人迷信、而且做出的決議相比，可以看出，那是很大的倒退，埋伏着很大危險。林彪正是利用這種氛圍把個人迷信推向極端，從而實現其奪權野心的。第三件事情是，經過反右派和反右傾，打倒、批臭了黨內外一批不同意見的人，也就是所謂的民主派。而且在批判中形成了一種理論：民主革命時期的老革命如果不自覺地改造，到社會主義時期就會成為反革命。民主於是成了非常可怕的東西。民主主義思想這樣被批臭的結果，是個人專制在理論上和實踐上的通行無阻。所以鄧小平同志在 70 年代末深有感慨地說：「沒有民主就沒有社會主義，就沒有社會主義的現代化。」真正說中了事情的要害。第四件事情，是毛澤東 1958 年從第一線退下來後，用許多時間讀《資治通鑒》、「二十四史」等大量古籍，他從歷代興亡中吸取經驗、智慧和策略。現實中「總路線」、「大躍進」、人民公社這「三面紅旗」遭遇的挫折，增強了他懷疑猜忌心理。他很怕中國出赫魯雪夫。在這種情況下，傳統文化中那些讚美專制、排

斥異端、愚弄民眾甚至扼殺人性的消極成分，恐怕未必不會對毛澤東產生作用。中國的古代文化中確實也有消極的、糟粕的東西：像《商君書·修權》裏講到的「權制獨斷於君則威」；《荀子》中講到的「才行反時者殺無赦」；《論語·泰伯》中講到的「民可使由之，不可使知之」；《墨子·尚同》中講到的「天子之所是，皆是之；天子之所非，皆非之」⋯⋯這樣一些專制主義思想，我們在後來的很多事實中確實看到了投影。以上這種種條件糾合在一起，「文革」的爆發幾乎就成為不可避免的了。

所以，「文革」表面上是打倒一切，「封、資、修」文化全批判，實際上是封建主義的大回潮和傳統文化中的糟粕在起作用。它和「五四」新文化運動的根本方向是相反的。為了避免「文革」的悲劇重演，我們得出的結論應該相反，不是去否定「五四」，而是應該發揚「五四」新文化運動的啟蒙理性精神，繼續進行反封建思想的鬥爭，繼續進行民主、法治建設，對傳統文化和外來文化都採取實事求是的分析態度，繼承一切對人民、對民族有益的好的內容，而摒棄那些反人民、反民主的有害的東西。這就是我們應該吸取的經驗教訓。

〈文學革命論〉作者推倒古典文學之考釋

　　考察中國文學從古典到現代的轉變，討論「五四」文學革命及其歷史意義，胡適的〈文學改良芻議〉和陳獨秀的〈文學革命論〉，都是重要的文獻。其中〈文學革命論〉尤以態度較為激進而引人注意。然而在文章基本內容的理解方面，雖然八十多年已經過去，學界對之卻未必有確切的定見，甚至還可能存在某些嚴重的誤讀。例如，對〈文學革命論〉作者所謂「推倒陳腐的鋪張的古典文學」這一說法，長期以來就當作陳獨秀否定中國古代文學——封建時代文學來理解。在 20 世紀五六十年代，它成為肯定「五四」新文化運動反封建徹底性的標誌之一（雖然沒有忘記指出它的「偏激」）。到了 80 年代，這又成為指責「五四」帶來了文化斷裂的根據。兩種一正一反幾乎截然相反的評價，都建立在相同的理解的基礎之上，卻很少有人對這一理解本身是否準確、是否科學、是否符合陳獨秀的原意提出懷疑。

　　陳獨秀確實說過要「推倒陳腐的鋪張的古典文學」。他是在對胡適的〈文學改良芻議〉大聲疾呼表示支持時說這番話的：

文學革命之氣運，醞釀已非一日。其首舉義旗之急先鋒，則為吾友胡適。余甘冒全國學究之敵，高張「文學革命軍」大旗，以為吾友之聲援。旗上大書特書吾革命軍三大主義：曰推倒雕琢的阿諛的貴族文學，建設平易的抒情的國民文學。曰推倒陳腐的鋪張的古典文學，建設新鮮的立誠的寫實文學。曰推倒迂晦的艱澀的山林文學，建設明瞭的通俗的社會文學。

　　這裏，陳獨秀所謂的「推倒陳腐的鋪張的古典文學」，究竟是什麼意思？按照 20 世紀後半期人們的通常理解，「古典文學」一詞包括兩種含義：一是指過去年代的經典性作品，二是泛指古代文學。以中國社會科學院語言研究所編的《現代漢語詞典》1996 年修訂版為例，對「古典文學」的釋義就是：「古代優秀的典範的文學作品。也泛指古代的文學作品。」如果採用這兩項解釋中的任何一項，毫無疑問，都可以認定陳獨秀對待中國古代文學的態度是絕對錯誤的。中國古代文學有着輝煌的成就，創造了許多獨特的堪稱經典的作品，陳獨秀怎麼忽發奇想就叫喊「推倒」呢？這個陳獨秀莫非有

點精神病？要不然，實在太粗暴、太野蠻、太愚昧無知了，「五四」的歷史實在太可笑了！但是，且慢！當我們將上述理解安放進〈文學革命論〉文章的具體語境中，就會發現，上面這類理解是難以成立的。因為，有兩重明顯的障礙跨不過去：

第一，陳獨秀所謂「文學革命軍」的「三大主義」，要推倒的和要建設的兩項目標本來都是反義而對稱的。像「推倒雕琢的阿諛的貴族文學」對應的方面就是「建設平易的抒情的國民文學」；像「推倒迂晦的艱澀的山林文學」對應的方面就是「建設明瞭的通俗的社會文學」。只有中間這一條「推倒陳腐的鋪張的古典文學」，同「建設新鮮的立誠的寫實文學」從詞性到意義上完全不能對應。寫實文學體現的是一種創作方法或創作態度，古代、現代都可能有；而古典文學是文學史上時間階段的劃分，也可能意味着經過時間考驗的一部分比較優秀的作品；這兩個概念並不能構成相互對立、相互排斥的關係。古典文學中，像杜甫的「三吏」、「三別」、〈北征〉，白居易的〈秦中吟〉、〈新豐折臂翁〉，吳敬梓的《儒林外史》，曹雪芹的《紅樓夢》等等，本來就是寫實文學或基本上是寫實文學，為什麼要推倒重來？將古典

文學與寫實文學相對立，這從形式邏輯上講不也明顯說不通嗎？

第二，說陳獨秀排斥和否定古代文學，這種理解也同〈文學革命論〉全文的意思直接抵觸。因為就在〈文學革命論〉中，陳獨秀對相當多的中國古代文學作品給予了很高的評價。比方說，他肯定了《詩經》的主體部分──《國風》，還肯定了《楚辭》，說「國風多里巷猥辭，楚辭盛用土語方物，非不斐然可觀」。用「斐然可觀」四個字去讚美，還不高嗎？接下去，陳獨秀又說：「魏晉以下之五言，抒情寫事，一變前代板滯堆砌之風。在當時可謂為文學一大革命，即文學一大進化。」可見，他對南北朝及其後的五言詩的新鮮活潑，評價也很高。由於胡適在《文學改良芻議》中對「詩至唐而極盛」的現象已多有涉及，陳獨秀沒有在唐詩方面再做申述，只對律詩尤其排律表示非議。而對韓愈、柳宗元為代表的古文運動，則稱他們「一洗前人纖巧堆垛之習」，「自是文界豪傑之士」。至於「元明劇本、明清小說」，陳獨秀更稱之為「近代文學之粲然可觀者」。所以，從〈文學革命論〉全文來看，陳獨秀絕對沒有否定中國古代文學的意思。有的學者所認為的「陳獨秀進一步提出『推（打）倒』

『貴族文學』、『古典文學』、『山林文學』」[1]，那顯然是受了表面文字的迷惑而導致的誤讀。

這樣說來，陳獨秀所「推倒」[2]的古典文學這個概念，既不是在古代文學的意義上使用的，也不是在經典文學的意義上使用的。20世紀50年代以來人們的理解——無論是稱讚或者責備——都不符合實際。我們應該換一種思路來接近陳獨秀所謂「推倒陳腐的鋪張的古典文學」的本意。比方說，不妨從近代漢語詞彙變遷的角度去考察一下古典、古典文學這些概念的演化。

「古典」這個詞在漢語中出現得很早（至少東漢時就有），但詞義與20世紀20年代起流傳的很不一樣。《後漢書・儒林傳論》說：建武五年，「乃修起大學，稽式古典」。這裏的「古典」一詞僅指古代典章，並不包含後來的「經典」（Classic）的意思。直到民國四年（1915）商務印書館初版《辭源》仍然這樣釋義：「『古典』，古代

1　鄭敏〈世紀末回顧：漢語語言變革與中國新詩創作〉，載《文學評論》1993年第3期。鄭敏教授此文有很高的學術價值，對新詩語言變革問題提出了極為重要的見解；但對陳獨秀〈文學革命論〉「推倒」古典文學之說卻存在着誤讀。

2　陳獨秀所謂「推倒」，從上下文來看並非「打倒」之意，乃是驅逐其所佔據的主流文學之地位。

典章也。」在「古典」一詞中注入經典這層含義，是歐洲文藝史上 "Classicalism" 這個外來詞語經過日本學界而傳入中國，並且被譯成「古典主義」之後。古典主義，可以說是由日語轉入的漢字原語借詞。1915 年的《辭源》初版中來不及收入「古典主義」一詞，待到民國二十年（1931）出版的《辭源續編》，才開始收進這個詞條，並有這樣的釋文：

古典主義 Classicalism，此指十七八世紀歐洲文壇的主潮。十八世紀為理智的時代，文藝亦大受其影響。所謂古典主義，即以追摹希臘、羅馬古代作家之典範為目的，以勻整平衡均一為技巧之極。故其結果，為壓制個性，絕滅情思。十九世紀初興起之傳奇主義（今稱浪漫主義 —— 引者），即為古典主義之反動。古典主義最盛期約一百年，自一六七五年至一七七五年，義大利、法蘭西、英吉利、德意志各國文學，皆受其影響。[3]

3　引自民國二十年（1931）上海商務印書館出版的《辭源續編》線裝本。

其中所説「希臘、羅馬古代作家之典範」，就是經典之意。而「以勻整平衡均一為技巧之極。故其結果，為壓制個性，絕滅情思」，則是學界公認的歐洲古典主義的特點和明顯的局限。陳獨秀早在辛亥革命時期就通過日本學界而對歐洲文藝史上的古典主義思潮有所了解。古典主義效法希臘、羅馬的一味仿古和束縛作家個性的那套嚴整的藝術規範，都使陳獨秀聯想到中國文學史上崇尚靡麗、看重對偶音律而內容相對空虛的駢體文以及明代的前後七子和桐城派歸、方、姚、劉的復古主張，他把這些作品看作中國的古典主義文學，竭力想將這類仿古文學和崇古思潮從主流文壇上驅趕出去。自 1915年創辦《青年雜誌》時起，陳獨秀就想讓中國年輕一代知識分子了解世界文學經古典主義、浪漫主義（陳獨秀稱之為理想主義）而走向寫實主義、自然主義這種發展趨勢。他在《現代歐洲文藝史譚》中就説：

> 歐洲文藝思想之變遷，由古典主義（Classicalism）一變而為理想主義（Romanticism），此在十八、十九世紀之交。文學者反對模擬希臘羅馬古典文體。所取材者，中世之傳奇，以抒其理想耳。

此蓋影響於十八世紀政治社會之革新，黜古以崇今也。[4]

陳獨秀將歐洲古典主義的特點，看作「模擬希臘羅馬古典文體」，而將其對立面浪漫主義（理想主義），則稱之為「黜古以崇今」。在以記者身份回答張永言的〈通信〉中，陳獨秀又說：

> 吾國文藝，猶在古典主義、理想主義時代，今後當趨向寫實主義。文章以紀事為重，繪畫以寫生為重，庶足挽今日浮華頹敗之惡風。[5]

在回答張永言的另一封〈通信〉中，陳獨秀對中外古典主義文學表現出了更加鮮明的批判態度。他說：

> 歐文中古典主義，乃模擬古代文體，語必典雅，援引希臘羅馬神話，以眩贍富，堆砌成篇，了無真意。吾國之文，舉有此病，駢文尤爾。詩人擬

---

4 《青年雜誌》第 1 卷第 3 號，1915 年 11 月。
5 《青年雜誌》第 1 卷第 4 號，1915 年 12 月。

古，畫家仿古，亦復如此。理想主義，視此較有活氣，不為古人所圍；然或懸擬人格，或描寫神聖，脫離現實，夢入想像之黃金世界。寫實主義、自然主義，乃與自然科學、實證哲學同時進步，此乃人類思想由虛入實之一貫精神也。[6]

這是陳獨秀在胡適的〈文學改良芻議〉、他自己的〈文學革命論〉發表之前一年多所寫的一些文字。可見他在那時對中國文學革新問題早已形成了許多想法。他的矛頭所向，對準了四六駢體，對準了仿古文學，對準了當時文學中浮華頹敗的風氣，其精神乃至用語都是和後來的〈文學革命論〉相連貫的。如果說《新青年》創刊之初，陳獨秀曾登載過友人的長律還說過捧場的話，那麼，稍後在反對仿古文學並堅信「古典主義之當廢」[7]方面，就始終和胡適等人堅定地站在同一戰線上。而在〈文學革命論〉發表之後兩個月，陳獨秀又刊出〈答曾毅書〉，更鮮明地反對「抄襲陳言之古典派」，並且說：「僕

6　《青年雜誌》第 1 卷第 6 號，1916 年 2 月。

7　見胡適 1916 年 10 月〈寄陳獨秀〉，《中國新文學大系·建設理論集》第 31 頁，上海文藝出版社 1980 年影印本。

之私意，固贊同自然主義者，惟衡以今日中國文學狀況，陳義不欲過高，應首以掊擊古典主義為急務。理想派文學，此時尚無可厚非。但理想之內容，不可不急求革新耳。」[8] 所以，我們可以有把握地說，陳獨秀在〈文學革命論〉中提出的「推倒陳腐的鋪張的古典文學」，這裏的「古典文學」其實是他所理解的古典主義文學——而且是在前面加上了「陳腐的」、「鋪張的」兩個定語的古典主義文學。不過為了字數相等、對得工整，他把「主義」兩個字省略掉了而已。確切一點說，陳獨秀推倒的是一種仿古文學。陳獨秀決沒有要推倒或者打倒中國古代文學乃至經典文學的意思。如果採用這種理解，那麼，前面所說的古典文學與寫實文學意義上不能對應的問題也就不存在了：他要推倒的是古典主義文學，建設的是寫實主義文學，兩者都具有創作方法或創作態度的性質，對應起來一點都不勉強了。這樣，陳獨秀的本意也就顯露而豁然開朗了。

應該說，在陳獨秀〈文學革命論〉發表之後一段時間裏，人們都是按這種理解去看待陳獨秀所提的「三大

8　載《新青年》第 3 卷第 2 號，1917 年 4 月。

主義」的。以《新潮》雜誌為例，它從創刊時起，就按陳獨秀〈文學革命論〉的主張來做。第一卷第一期就刊登〈社告〉（相當於稿約）對「本誌」來稿做出規定，第二條說：「文詞須用明顯之文言或國語，其古典主義之駢文與散文（本誌）概不登載。」第四條說：「小說、詩、劇等文藝品尤為歡迎，但均以白話新體為限。」可見，陳獨秀「推倒陳腐的鋪張的古典文學」專指「古典主義的駢文與散文」這一主張，在當時並沒有引起過什麼歧義。產生誤讀是後來的事。

　　順便說一下，如果把陳獨秀的「文學革命軍三大主義」翻譯成外文的話，我主張把他要推倒的「古典文學」譯成「仿古文學」為好。記得 20 世紀 80 年代後期，外文出版社想要把唐弢先生主編的《中國現代文學史簡編》翻譯成英文、日文、西班牙文三種文字，我和該社英文部的朱惠明女士討論過這個問題。他們也贊同我的意見，不是把陳獨秀提出的「推倒古典文學」翻譯成 "Get rid of the Classic literature"，而是翻譯成 "Get rid of the literature in the Style of Classics"。這是研究了〈文學革命論〉全文和陳獨秀當時的整個文學思想之後才得出的看法，從而避免了翻譯上斷章取義的毛病。

還需要補充的一點是：陳獨秀的〈文學革命論〉也接受了胡適〈文學改良芻議〉中有些見解的影響。胡適文章在論述用典方面比較細緻，也比較精闢。正像錢玄同〈寄陳獨秀〉信中所說：「文學之文用典，已為下乘。……古代文學，最為樸實真摯。始壞於東漢，以其浮詞多而真意少也。弊盛於齊梁，以其漸多用典也。唐宋四六，除用典外，別無他事，實為文學中之最下劣者。」胡、錢這些看法，更堅定了陳獨秀反對駢體、反對仿古的決心。〈文學革命論〉中指責「貴族之文」、「古典之文」的地方，例如「兩漢賦家，頌聲大作。雕琢阿諛，詞多而意寡」；「東晉而後，即細事陳啟，亦尚駢麗。演至有唐，遂成駢體。詩之有律，文之有駢，皆發源於南北朝，大成於唐代。更進而為排律，為四六。此等雕琢的阿諛的鋪張的空泛的貴族古典文學，極其長技，不過如塗脂抹粉的泥塑美人」之類，其中也包括了典故運用上的鋪張堆砌在內。這恐怕是由於陳獨秀多少混同了歐洲與中國兩種不同的古典主義的緣故 —— 如果說中國文學中也有古典主義的話。

反思「五四」新文化運動有感 [1]

近幾年常聽到或看到一種議論，説「五四」新文化運動全面反傳統，具有感情用事的非理性的色彩，造成了中國的思想危機；説「打倒孔家店」在中國文化史上帶來一股「左」的思潮，形成中國傳統文化的斷裂，開啟了「文化大革命」的先河，等等。持這種論點者，國外、國內都不乏人。

我卻實在不敢苟同。

在我看來，這種論點雖然新奇，卻是輕率而表面的，與歷史事實不符的。

「五四」新文化運動雖然堅決反封建，卻並沒有全面反傳統。除了反對專制與迷信外，它只反了傳統文化中的兩項：一是以「三綱」為核心的儒家倫理道德，二是載這個道的封建的僵死的舊文學。「五四」時期之所以對孔子和儒家學説做出重新評價，那是因為孔子和儒學已成為專制主義與舊道德、舊文學的保護傘。那時袁世凱陰謀復辟帝制，提倡尊孔讀經；康有為主張君主立

1　載《「五四」運動與中國文化建設 ——「五四」運動七十週年學術討論會論文選》上冊，社會科學文獻出版社 1989 年 10 月出版。

憲，也要將孔教奉為國教，列入憲法；一切倒退措施彷彿都和孔子學說聯繫了起來。在這種情況下，陳獨秀、李大釗、錢玄同、魯迅、吳虞等激進派知識分子被迫出來應戰，指出孔子是封建專制的護身符，孔子思想不適合於今日社會。把孔子從至聖先師的偶像地位上搬下來，並發出了「禮教吃人」的戰鬥吶喊。即使如此，當時也並不真有「打倒孔子」或「打倒孔家店」一類口號，有的只是對孔子相當客觀、相當歷史主義的評價（這同「文化大革命」中出自政治陰謀而開展的「批孔運動」完全不一樣）。李大釗在〈自然的倫理觀與孔子〉一文中說：「孔子於其生存時代之社會，確足為其社會之中樞，確足為其時代之聖哲，其說亦確足以代表其社會其時代之道德。使孔子而生於今日，或更創一新學說以適應今之社會，亦未可知。」又說：「故余之掊擊孔子，非掊擊孔子之本身，乃掊擊孔子為歷代君主所雕塑之偶像的權威也；非掊擊孔子，乃掊擊專制政治之靈魂也。」把「五四」時期的評孔批孔活動歸結為「打倒孔家店」，那是胡適到後來為《吳虞文錄》寫序，尊吳虞為「四川省隻手『打孔家店』的老英雄」時的事。對此，我們不應有任何誤解。

「五四」新文化運動的先驅者們不但沒有全面反傳統，反而用現代意識重新整理傳統文化，充分肯定了傳統文化中有價值的部分。陳獨秀〈文學革命論〉中，就有對傳統文學幾個段落的直接讚美：「《國風》多里巷猥辭，《楚辭》盛用土語方物，非不斐然可觀」；「魏晉以下之五言，抒情寫事，一變前代板滯堆砌之風，在當時可謂文學一大革命」；「韓柳崛起，一洗前人纖巧堆垛之習，風會所趨，乃南北朝貴族古典文學變而為宋元國民通俗文學之過渡時代」；「元明劇本，明清小說，乃近代文學之粲然可觀者」……這哪裏有一點要整個打倒傳統文學的意味呢！魯迅早在「五四」時期就慨歎「中國之小說自來無史」（《中國小說史略‧序言》）而着手這方面的整理研究；1920年，他就在北京大學破天荒地講授「中國小說史」課程，稍後還編寫了《漢文學史綱要》等闡發中國文學精義的著作。胡適1919年就提出「整理國故，再造文明」的口號，他撰寫的《白話文學史》和古典小說考證方面的著作，為運用新觀點整理評價具有民主性精華的傳統文化，做出了很大的貢獻。李大釗、劉半農等均曾參加發起歌謠研究會，宣導對傳統的民間歌謠研究整理。周作人後來還寫了《中國新文學的源流》，

指出「五四」文學革命與明代公安派、竟陵派文學之間一脈相承的關係。胡適也寫了〈五十年來中國之文學〉，企圖把「五四」文學革命與梁啟超、黃遵憲等近代文學改革運動銜接起來。可見，在先驅者心目中，「五四」新文化運動並沒有和傳統文化中斷或斷裂。相反，那些最勇敢地主張學習西方文化的先驅者，同時也正是民族優秀文化遺產的繼承者。魯迅小說就對我國古典白話小說（如《儒林外史》）做了創造性的吸收，他小說中的深沉意境，只能是接受本民族幾千年詩歌傳統薰陶的產物；他的雜文更和魏晉文章的風格特色有密切關係。李大釗、周作人、郭沫若、沈雁冰、葉紹鈞、郁達夫、鄭振鐸、冰心等整整一代人，都具有深厚的傳統文化和文學的素養。至於新文學所體現的強烈的憂患意識，更是和屈原以來中國文人傳統的人生態度一脈相承的。「五四」以來新文學之所以富有生命力，一個重要原因，在於它從未真正割斷過與傳統的聯繫。所謂「五四」造成文化斷裂或思想危機的說法，實在只是一知半解的推測之詞，或者乾脆就是不顧事實的捕風捉影。如果真要說思想危機的話，應該說：並不是「五四」造成了中國的思想危機，而恰恰是中國的思想危機呼喚了「五四」。我

們怎麼能把事情的因果關係顛倒過來呢？

「五四」新文化運動之所以只是文化革新而非文化斷裂，根本原因在於：它是一場理性主義而非感情用事的運動。當時提倡科學民主，提倡文學革命，都是服從於民族發展需要而做出的一種理性的選擇。陳獨秀在《青年雜誌》創刊時，向青年們提出「自主的而非奴隸的」、「進步的而非保守的」、「進取的而非退隱的」、「世界的而非鎖國的」、「實利的而非虛文的」、「科學的而非想像的」六點希望，便完全貫穿着理性主義的要求。胡適在〈新思潮的意義〉中所提倡的「重新估定一切價值」，同樣充滿理性主義精神。「五四」時期出現大量問題小說，這也是許多覺醒的文藝青年要求將傳統的一切放到理性的審判台前重新檢驗、重新估價的結果。「從來如此，便對麼？」——魯迅通過狂人之口發出的呼叫，便昂揚着「五四」時代特有的理性主義的激情。冰心 1920 年寫過一篇問題小說，叫《一個憂鬱的青年》，其中的主人公彬君曾說過一段頗有代表性的話語：

> 從前我們可以說都是小孩子，無論何事，從幼稚的眼光看去，都不成問題，也都沒有問題。從去

年以來，我的思想大大的變動了，也可以說是忽然覺悟了。眼前的事事物物，都有了問題，充滿了問題。比如說：「為什麼有我？」——「我為什麼活着？」——「為什麼念書？」下至穿衣，吃飯，說話，做事，都生了問題。從前的答案是：「活着為活着」，「念書為念書」，「吃飯為吃飯」，不求甚解，渾渾噩噩的過去。可以說是沒有真正的人生觀，不知道人生的意義。現在是要明白人生的意義，要創造我的人生觀，要解決一切的問題。

可見，「五四」時期覺醒的青年們，正是最反對盲從，最反對「不求甚解，渾渾噩噩」；他們追求的，正是理性和科學精神。把「五四」新文化運動和盲動、非理性、感情用事扯在一起，豈非南轅北轍，適得其反嗎？

那麼，「五四」新文化運動就沒有毛病，沒有偏差了嗎？當然不是。那時的領袖人物有過形式主義，有過偏激情緒，像錢玄同甚至說過「人過四十該槍斃」這樣的話（魯迅後來曾嘲諷他「作法不自斃，悠然過四十」），這類毛病確實不少。而其中最重要的，我以為還是一部分激進的左翼知識分子中間，出現過狹隘的排他性，即

對馬克思主義革命救國道路以外的其他各種思潮、學派，一概採取排斥反對的態度。從幾十年社會實踐的效果看，這使我們吃了許多虧。

不妨舉一個例子：

1919 年元旦創刊的《新潮》雜誌上，刊載過一篇羅家倫的文章〈今日之世界新潮〉。文章作者以其特有的時代敏感首先指出：「現在有一股浩浩蕩蕩的世界新潮起於東歐。……他（它）們一定要到遠東，是確切不移的了。」「諸位不見俄羅斯的革命、奧匈的革命、德意志的革命，就是這個新潮的起點嗎？」還說：「現在的革命不是以前的革命了，以前的革命是法國式的革命，以後的革命是俄國式的革命。」當無產階級革命浪潮剛剛在世界某個角落掀起，風正起於青萍之末的時候，羅家倫就能這樣準確、這樣敏銳地預感到這股潮流的威力，這是很了不起的。接着，羅家倫提出了他面臨這一形勢時的憂慮和對策。他說：「現在東西交通如是之密，中國還不會被世界的新潮捲去嗎？德、奧雷霆萬鈞的政府還抵抗不住，何況其餘的嗎？既然抗抵不住，就不能不預先籌備應付這潮流的法子。這個潮流湧入德、奧國內，尚無十分危險；因為德、奧人民大多受過教育，兵

工兩界也都是有常識的。若是傳到中國來，恐怕就可慮得很；因為中國的普通人民一點知識沒有，兵士更多土匪流氓，一旦莫名其妙地照他人榜樣做起來，中國豈不成了生番的世界嗎？讀者不要以為我過慮，那個日子將來總會有的，不過是個遲早的問題吧了！若是我們中國有熱心的想免除這番擾亂，我倒想了幾個法子，同諸位磋商。」他的法子是，「要使一般人民都受教育，兵工尤其緊要」，不使他們起來暴動；同時，「人人要去勞動，無論勞心也好，勞力也好」。羅家倫對革命的防範自然是徒勞的，但作為一個資產階級知識分子，羅家倫確有很強的階級敏感。他的憂慮也不是沒有根據的。證之以後來中國革命過程中發生的一些事情（小說《古船》裏已寫得如此驚心動魄），證之以 20 世紀 60 年代發生的「文化大革命」。羅家倫甚至可以說表現了某種驚人的預見性。但是，這樣一篇有頭腦、有見地的文章，長期以來在革命文化界中只被看作「反動論調」，完全不受重視。再好的「教育救國論」── 即使像陶行知那種「教育救國論」，也一概被認為是對抗革命道路的謬論。在堅持馬克思主義救國道路的同時，我們完全看不到「教育救國論」對革命也有利益，可以與革命救國論相輔相

成、互為補充這一面。對待馬克思主義以外的其他思潮、學派，我們總是採取簡單的絕對排斥、絕對否定的態度，看不到它們也有某種相對的合理性。我們早就把「百家爭鳴」看作一家姓資、一家姓無，而真理總是由無方包攬，看不到各種學派都可能有某種合理因素。對待「五四」時期「問題與主義」之爭如此，對待羅家倫文章如此，對待科學救國論、實業救國論、文化救國論……莫不如此。這種革命的排他性，從「五四」時期一些左翼知識分子開始就有了，它使我們吃盡了苦頭。今天早該到了猛醒的時候了！

在反思「五四」新文化運動的時候，我們還應該說：有些問題並不是「五四」當時就存在，而是後來才產生的。這就更不應該過分地責備「五四」。例如，文學為人生、為社會改造服務，「五四」文學革命的先驅者們確實是這樣提出的，但他們並沒有簡單到只要為人生而不要文學的地步。陳獨秀、魯迅等人都非常重視文學的審美特徵。陳獨秀〈答曾毅信〉中說：「狀物達意之外，倘加以他種作用，附以別項條件，則文學之為物，其自身獨立存在之價值，不已破壞無餘乎？」（《新青年》第3卷第2號）可見，文學革命的宣導者陳獨秀，是既看

重文學的社會作用，又看重文學本身的獨立價值，而且把兩者統一起來看待的。香港司馬長風先生責備陳獨秀等先驅者反對「文以載道」而自己又陷入新的「文以載道」，僅僅把文學當成工具，實在沒有多少根據。文學的獨立特徵受到忽視和抹殺，這是無產階級文學運動興起以後的事，我們完全不應該把這筆賬算到「五四」頭上。

正像一切反思一樣，關於「五四」新文化運動的反思，也必須建立在大量史實的基礎上，而不應該隨心所欲，牽強附會，主觀武斷，輕率從事。反思者也會被反思，這就是歷史將要做出的結論。

1989 年 2 月 15 日

不怕顛覆，只怕誤讀[1]

反對「五四」新文化運動和文學革命的意見，自來就有。新儒學或後現代之類的顛覆，也可不必多慮。值得注意的，我以為倒是對「五四」的誤讀。

有兩種誤讀：反對派的和我們自己的。

例如，有人把「五四」新文化運動說成「歐洲中心論」的產物，這就是很大的誤讀。經過工業革命和啟蒙運動（舊式的或新式的）而告別中世紀，走向現代化，這並不是歐洲國家獨有的模式，而是世界各國或先或後地共同走着的道路。對廣大發展中國家來說，宣導啟蒙理性和科學精神，追求工業化、現代化，正是為了掙脫帝國主義的枷鎖，真正實現民族獨立，這與「歐洲中心論」何干？其實，把科學、理性、工業化、現代化當作歐洲國家壟斷的專利，這才是真正的「歐洲中心論」！我們理應把這種誤讀糾正過來。

1　1996 年 5 月 9 日至 12 日，中國現代文學研究會在石家莊舉行七屆二次理事會，河北師院、河北師大、河北大學中文系和河北省社科院文研所聯合承辦了這次會議，來自全國的數十位著名學者就中國現代文學研究的現狀和前途進行了熱烈研討，有共識、有爭鳴，新見迭出。本文乃作者在會上的發言，載《河北師院學報》1996 年第 3 期。

又例如，責備「五四」新文化運動全盤反傳統，造成中國文化傳統的斷裂，這也是一種誤讀。「五四」並沒有全盤反傳統。先驅者只是在帝制復辟醜劇一再發生，綱常名教觀念充塞人們頭腦的情況下，為了維護辛亥革命的成果，重新評價了孔子，着重批判了封建的「三綱」，使儒家從兩千多年的一尊地位還原為百家中的一家而已。即使對孔子，「五四」先驅者仍肯定他為歷史上的偉大人物。今年《魯迅研究月刊》第四期上董大中同志文章詳盡論述了「五四」反傳統的問題，講得比較透闢，我推薦有興趣的讀者認真一閱。

也有我們自己的誤讀。長期以來，出於好心，我們總是強調「五四」新文化運動反封建的徹底性，強調它的「打倒孔家店」，強調陳獨秀的口號「推倒古典文學」，強調「桐城謬種、選學妖孽」即是散文、駢文都不要，等等。其中就包含着許多誤解，效果不好。「五四」反封建的徹底性，只是和歷史上的文化改革比較而言的，不能簡單化、絕對化。所謂「打孔家店」（並無「倒」字），原是胡適在「五四」高潮過去之後為《吳虞文錄》作序時的一句戲言。英譯本《中國現代文學史簡編》把陳獨秀這句話譯成 "Get rid of the literature in the

Style of Classics"，而不是譯成 "Get rid of the Classic literature"，這是經過斟酌的。至於「桐城謬種、選學妖孽」，誠如王瑤先生所言，並非否定歷史上的散文和駢文，只是攻擊民國初年那些桐城派和駢體文的末流而已。可見，事物都有分寸，過分誇張了就會走向反面。

即使對於反對派的意見，我認為也要防止和警惕誤讀。並非一講「五四」的毛病就是顛覆，就是反動。「五四」當時有的先驅者確實有偏激情緒和過激之詞（如主張廢除漢字，稱京劇為「百獸率舞」的野蠻戲），確實有「所謂壞就是絕對的壞，一切皆壞；所謂好就是絕對的好，一切皆好」這種形式主義地看問題的偏向，這在毛澤東的〈反對黨八股〉中也是指出了的。從過去的學衡派、鴛鴦蝴蝶派到今天的後現代，我們絕不能籠統地把他們的一言一行都看作在顛覆「五四」。學衡派的吳宓等人，雖然偏於保守，文學上卻是內行，他們的一些評論文章，確有切中新文學時弊之處。鴛鴦蝴蝶派也並非都是新文學的對立面，他們對新事物同樣相當熱情和敏感。《吶喊》出版之前，就給了魯迅小說高度評價，尊魯迅為「世界大小說家」的，是鴛鴦蝴蝶派的理論家鳳兮。這個流派中部分作家後來接受了新文學的影響。

後現代之所以出現，是因為現代化過程中發生了種種問題（諸如環境污染、道德淪喪、世界大戰，以及超大規模殺傷性武器的出現等）。後現代中有的人對啟蒙理性精神的攻擊是沒有道理的，但他們對科學主義的批評卻足以發人思考。在我看來，後現代是對現代的重要補充，真正的現代性不僅包括以「五四」為代表的現代精神，也應該包括後現代提出的種種有價值的內容，正如沈從文的小說不但不應該視作「向後看」而排斥在現代性之外，反因其某種批判鋒芒而使現代性變得更為完整、更為充實、更合人性一樣（當然，我無意於將沈從文與後現代類比）。

我們禮讚「五四」，繼承「五四」，又超越「五四」。

「五四」・「文革」・傳統文化 [1]
—— 讀史箚記之一

　　當前對「五四」的重新評估，可能導源於美國學者林毓生教授。他的著作《中國意識的危機》在國際漢學界頗有影響，20 世紀 80 年代中期翻譯成中文後，在中國一些青年學者中間也引起反響。90 年代，北京大學哲學系陳來教授回應林教授的著作，曾撰寫了一篇題為〈20 世紀文化運動中的激進主義〉的文章，在北京的《東方》雜誌創刊號上發表。他們兩位都是我尊敬的學者和朋友，但在評價「五四」新文化運動這個具體問題上，我們之間的看法很不一樣。大體上說，他們的觀點很激烈，把「五四」和「文革」相提並論，認為「五四」是全盤反傳統的，而徹底的反傳統則造成了中國文化的斷裂，帶來了中國意識的危機，影響所及，才會有後來的「文化大革命」。用林教授的話來說：「在中華人民共和國的歷史中，又重新出現『五四』時代盛極一時的『文化革命』的口號，而且發展成非常激烈的 1966—1976 年

1　載香港中文大學《二十一世紀》雜誌 1997 年 8 月號。

的『文化大革命』，這決非偶然。這兩次文化革命的特點，都是要對傳統觀念和傳統價值採取疾惡如仇、全盤否定的立場。」[2] 林先生認為：「20世紀中國思想史的最顯著特徵之一，是對中國傳統文化遺產堅決地全盤否定的態度的出現與持續。」[3] 而首開風氣的是「五四」。陳來先生雖對新文化運動的功績有所肯定，卻也認為：「主導『五四』文化運動的領導者與文化的激進主義結下了不解之緣，其表現為以『打倒孔家店』為口號的全盤否定儒家與中國傳統文化的激烈態度。」[4] 他從「五四」聯繫到「文革」，還一直聯繫到新時期以來重新提倡啟蒙、理性等等的「文化熱」，聯繫到《河殤》，把這些都看成是同一股思潮的產物，總的就叫激進主義。

　　只要不把「五四」新文化運動稱作過激主義，我認為將之歸入激進主義一脈並不是不可以的，因為同學衡派的保守主義相比，「五四」的主潮當然是激進的。但問題在於像「五四」這樣一場文化運動，能不能叫作「全

2　林毓生著，穆善培譯：《中國意識的危機》，第2頁。貴州人民出版社，1986年。

3　林敏生著，穆善培譯：《中國意識的危機》，第1頁。貴州人民出版社，1986年。

4　陳來：〈20世紀文化運動中的激進主義〉，載《東方》雜誌創刊號，1993年。

盤反傳統」？我認為這種說法是不符合事實的。我在1989年寫過一篇文章，主要從文學這個角度對「五四」進行反思，實際上是跟林毓生先生商榷的。現在我想將之擴展開來，就整個文化問題談談我對這類見解的看法。

「五四」新文化運動真是全盤反傳統嗎？

我覺得，「五四」新文化運動有自己的問題，但是不能把這場運動的性質判定為全盤反傳統。林毓生先生的一個大前提恐怕靠不住：他認為「五四」新文化運動之所以發生，是因為「辛亥革命推翻普遍君權」，造成了「傳統文化道德秩序崩潰」[5]，「五四」就是在這種背景下起來，利用這個空隙來全盤反傳統的。這就把事情講反了。辛亥革命是推翻了清朝皇帝，但並沒有認真破除君權觀念、綱常名教和封建道德，「君為臣綱，父為子綱，夫為妻綱」這一套還在人們頭腦中深深扎根。辛亥革命之前民主共和的輿論準備很不夠，當時主要是動員漢族起來反對滿族貴族的統治，革命內容主要是反滿，傳統文化道德秩序並沒有崩潰，並沒有解體。如果真的崩潰

5　林毓生著，穆善培譯：《中國意識的危機》，第16—24頁，亦見於第140頁。貴州人民出版社，1986年。

了、解體了，如果君主專制真的已經成為人人喊打的過街老鼠，那麼還會有 1916 年袁世凱的稱帝嗎？還會有 1917 年張勳的擁戴溥儀復辟嗎？高一涵在「五四」當時就說，辛亥革命「是以種族思想爭來的，不是以共和思想爭來的；所以皇帝雖退位，而人人腦中的皇帝尚未退位」[6]，這個看法是符合實際的。辛亥革命吃虧的地方，就是不像法國大革命之前有一個啟蒙運動，以致革命之後，封建思想、帝制思想還普遍存在於人們頭腦裏，認為沒有皇帝不行。舉個簡單的例子：連楊度這樣一位曾經幫助過孫中山、堅決擁護改革的人，在 1915—1916 年竟然也提出「共和不適於中國」，給袁世凱上表勸進，勸袁當皇帝。所以，林毓生先生所謂「辛亥革命推翻普遍君權」造成「傳統文化道德秩序崩潰」這個大前提就搞錯了，他沒有顧及許多事實，只是出於想當然。

弄清了這個大前提，我們才能正確理解「五四」。可以說，正是由於袁世凱和張勳接二連三的復辟，以及像康有為這樣維新運動中的激進人物都主張要把孔教奉為國教，列入憲法，都擁護帝制，才引起了新一代知識

6　高一涵：〈非君師主義〉，載《新青年》第 5 卷第 6 號，1918（12）。

分子的憂慮和深思。「五四」先驅者們覺得，中世紀的封建文化思想還深深地統治着人們的頭腦，所以需要一場新文化運動以及文學革命，陳獨秀在〈舊思想與國體問題〉一文中說得明白[7]：

> 腐舊思想佈滿國中，所以我們要誠心鞏固共和國體，非將這班反對共和的倫理、文學等等舊思想，完全洗刷得乾乾淨淨不可。否則不但共和政治不能進行，就是這塊共和招牌，也是掛不住的。

「五四」新文化運動就是在這樣一種特定的歷史條件下發生的，它實際上從思想戰線的角度為辛亥革命補上了缺少的一課。

在帝制擁護者抬出孔教為護身符的情況下，《新青年》編輯部為了捍衛共和國體，不得不圍繞現代人怎樣對待孔子和儒家的問題展開了一場爭論。1917 年初，在陳獨秀發動重評孔學的運動之後，吳虞從四川致信陳獨秀說：「不佞常謂孔子自是當時之偉人，然欲堅執

7　陳獨秀：〈舊思想與國體問題〉，載《新青年》第3卷第3號，1917（5）。

其學以籠罩天下後世，阻礙文化之發展，以揚專制之餘焰，則不得不攻之者，勢也。」[8] 這話確切地説明了《新青年》是被迫應戰的。《新青年》上最早發表的評孔文章之一——易白沙的〈孔子平議〉，説理相當平實，作者認為孔子「尊君權漫無限制，易演成獨夫專制之弊」；「孔子講學不許問難，易演成思想專制之弊」；孔子思想被歷代君主利用而造成許多悲劇，並不是偶然的。易白沙還認為：「各家之學，也無須定尊於一人。孔子之學，只能謂為儒家一家之學，必不可稱為中國一國之學。蓋孔學與國學絕然不同，非孔學之小，實國學範圍之大也。」「以孔子統一古之文明，則老莊楊墨，管晏申韓，長沮桀溺，許行吳慮，必羣起否認。」[9] 態度比較激烈的是陳獨秀。他的〈吾人最後之覺悟〉[10]、〈憲法與孔教〉[11] 二文指出：在民國時代定孔教為國教是倒行逆施；「三綱説」「為孔教之根本教義」，「尊卑貴賤之所由分，即三綱之説之所由起也。此等別尊卑、明貴賤之階級制度，

8　吳虞此信載《新青年》第 2 卷第 5 號「通信」欄，1917 年 1 月。

9　易白沙：〈孔子平議〉上下篇，分別載於《新青年》第 1 卷第 6 號、第 2 卷第 1 號，1916（2）、（3）。

10　陳獨秀：〈吾人最後之覺悟〉，載《新青年》第 1 卷第 6 號，1916（2）。

11　陳獨秀：〈憲法與孔教〉，載《新青年》第 2 卷第 3 號，1916（11）。

乃宗法社會封建時代所同然。」「吾人果欲於政治上採用共和立憲制」，必須排斥此類學說。而且，「舊教九流，儒居其一耳，今效漢武之術，罷黜百家，獨尊孔氏，則學術思想之專制，其湮塞人智為禍之烈，遠在政界帝王之上。」（在答常乃德的信中，陳獨秀又補充了一句：「即孔學也以獨尊之故，而日形衰落也。」[12]）在〈復辟與尊孔〉中，陳獨秀又說：「蓋主張尊孔，勢必立君，主張立君，勢必復辟，理之自然，無足怪者。故曰：張、康復辟，其事雖極悖逆，亦自有其一貫之理由也。」[13]他由「三綱」為儒家根本思想，得出「孔教與帝制有不可離散之因緣」[14]的結論。

所有這些，都說明新文化運動中堅人物的評孔批孔，並不是針對孔子本身，而是針對現實中的復辟事件和「定孔教為國教」這類政治舉措的。李大釗就說得明白：「余之掊擊孔子，非掊擊孔子之本身，乃掊擊孔子為歷代君主所雕塑之偶像的權威也；非掊擊孔子，乃掊

12　陳獨秀答常乃德信，載《新青年》第 2 卷第 6 號「通信」欄，1917（2）。

13　陳獨秀：〈復辟與尊孔〉，載《新青年》第 3 卷第 6 號，1917（8）。

14　陳獨秀：〈駁康有為致總統、總理書〉，載《新青年》第 2 卷第 2 號。1916（10）。

擊專制政治之靈魂也。」[15] 當時那些批評孔子學說的文章，包括陳獨秀、易白沙、李大釗、胡適、高一涵以及稍後吳虞的〈家族制度為專制主義之根據論〉等一系列論文，分寸不當或有之，卻沒有全盤否定孔子或儒家，更沒有全盤否定傳統文化。相反，《新青年》（初名《青年雜誌》）發刊詞〈敬告青年〉中，雖然指忠孝節義為「奴隸之道德」，卻規勸青年要以孔子、墨子為榜樣，樹立積極進取的人生態度（「吾願青年之為孔墨，而不願其為巢由」）。陳獨秀在〈再答常乃德〉的通信中談到孔子的學說：「在現代知識的評定之下，孔子有沒有價值？我敢肯定的說有。孔子的第一價值是非宗教迷信的態度。……第二價值是建立君、父、夫三權一體的禮教。這一價值，在二千年後的今天固然一文不值……然而在孔子立教的當時，也有它相當的價值。……孔子不言神怪，是近於科學的。」李大釗的〈自然的倫理觀與孔子〉一文說：「孔子於其生存時代之社會，確足為其社會之中樞，確足為其時代之聖哲，其說亦確足以代表其社會其時代之道德。」甚至說孔子如果活在今天，「或更創

---

15 李大釗：〈自然的倫理觀與孔子〉，載《甲寅》日刊，1917 年 3 月 30 日。

一新學說以適應今之社會，亦未可知」[16]。他們都稱歷史上的孔子為偉人、為聖哲，肯定他做出過很大貢獻，只是認為他的許多思想未必適合於現代生活而已[17]。對於儒家以外的諸子各家，新文化運動的宣導者也有分析，其中墨家受到很高的評價。《新青年》第 1 卷第 2 號所載易白沙〈述墨〉一文說：「周秦諸子之學，差可益於國人而無餘毒者，殆莫如子墨子矣。其學勇於救國，赴湯蹈火，死不旋踵，精於製器，善於治守，以寡少之眾，保弱小之邦，雖大國莫能破焉。」易白沙在文化上的理想是融合西方文化與傳統文化，兼取二者之長：「以東方之古文明，與西土之新思想，行正式結婚禮。」[18]這哪裏有全盤否定傳統文化的意味呢！特別應該說明的是，「五四」當時並沒有「打倒孔家店」這個口號（「五四」文化口號其實只有兩個：提倡「民主」，提倡「科學」，最多再加上一個「文學革命」，即使在評孔批孔最為激烈的 1916 年到 1917 年，也沒有什麼「打倒孔家店」的口

16　李大釗：〈自然的倫理觀與孔子〉，載《甲寅》日刊，1917 年 3 月 30 日。

17　如陳獨秀〈孔子之道與現代生活〉一文認為：「中土儒者，以綱常立教，為人子為人妻者，既失個人獨立之人格，復無個人獨立之財產。」「是等體法……又焉能行於今日之中國！」見《新青年》第 2 卷第 4 號，1916（12）。

18　易白沙：〈孔子平議〉下篇。載《新青年》第 2 卷第 1 號，1916（3）。

號）。那麼這種說法是怎麼出來的呢？事情只有那麼一點因由：1921年，新文化運動暫時告一段落，胡適為《吳虞文錄》作序，用了一些文學性的說法來誇獎吳虞，序的開頭說吳虞是打掃孔學灰塵的「清道夫」，末尾說吳虞是「『四川省隻手打孔家店』的老英雄」，這才有了所謂「打孔家店」的說法。胡適這說法，原是一種文學形象，也帶點親切地開玩笑的成分，可以說是句戲言，不很準確（第一個評孔批孔的是易白沙，批孔最有力的是陳獨秀，吳虞是一年後才捲進來的，怎麼靠他的「隻手」呢？）而且原話並沒有「倒」字。後人拿胡適這句戲言，加上一個「倒」字，成了「打倒孔家店」，當作「五四」的口號，豈不有點可笑？

反對儒家「三綱」，革新倫理道德，這是「五四」新文化運動做的一件大事，也是它的一大功勞。「五四」新文化運動還做了另一件大事，就是反對舊文學，提倡新文學，發動文學革命。這也不像有些人所理解的那樣，要把幾千年的古典文學完全否定。陳獨秀的〈文學革命論〉裏確有那麼一句話，就是「推倒陳腐的鋪張的古典文學」。但只要讀讀上下文，就可以看出來，他所謂要「推倒的古典文學」，其實只是仿古的文學。就在這

篇文章中，陳獨秀用大量文字讚美傳統文學裏的優秀部分，他說「《國風》多里巷猥辭，《楚辭》盛用土語方物，非不斐然可觀」；「魏晉以下之五言，抒情寫事，一變前代板滯堆砌之風，在當時可謂文學一大革命」；「韓柳崛起，一洗前人纖巧堆垛之習，風會所趨，乃南北朝貴族古典文學變而為宋元國民通俗文學之過渡時代」；「元明劇本，明清小說，乃近代文學之粲然可觀者」[19]……從《詩經》、《楚辭》、漢魏樂府、唐代詩文，到元、明、清的戲曲、小說，他都給予很高評價，只批判了六朝靡麗的文風和明代一味仿古的前後七子，這哪裏有什麼整個打倒古典文學的傾向呢？

總之，把「五四」新文化運動說成是全盤否定傳統文化、導致斷裂這種說法，在三個層面上說都是不恰當的：第一，這種說法把儒家這百家中的一家當作了中國傳統文化的全盤；第二，這種說法把「三綱」為核心的倫理道德當作了儒家學說的全盤（「五四」時主要反對儒家學說中的「三綱」）；第三，這種說法忽視了即使在儒家文化中，原本就有非主流的異端成分存在。特別到明

19 陳獨秀：〈文學革命論〉，載《新青年》第 2 卷第 6 號，1917（2）。

末清初，已經形成了具有啟蒙色彩的文化，像李卓吾、馮夢龍、黃宗羲、顧炎武、顏習齋、戴震等思想家、文學家的著述，已經構成傳統文化的重要組成部分。早在辛亥革命時期，鄧實已經將黃宗羲等「不為帝王所喜歡」的思想稱作「真正的國粹」。「五四」除接受西方科學、民主等思潮影響外，它本身就是這種「真正的國粹」的發展，何來對傳統文化的全盤否定與斷裂？

當然，「五四」新文化人物並非沒有偏激的地方。例如對駢文、對京戲、對方塊漢字、對中國人的國民性，都有一些不合適的看法，都有一些過甚其辭的地方。像錢玄同稱京戲為「百獸率舞」，似乎看作是一種野蠻的戲；把駢體文罵為「選學妖孽」，把桐城派末流罵為「桐城謬種」；主張方塊字要改變，走拼音的道路。陳獨秀為了改變中國人在強敵面前退縮、苟安、馴順、圓滑的品性，於是在〈今日之教育方針〉一文中引用日本福澤諭吉的話推崇「獸性」[20]，他自己界說所謂「獸性」就是「意志頑狠、善鬥不屈」，「體魄強健，力抗自然」，「信賴本能，不依他為活」，「順性率真，不飾偽自文」，

20　陳獨秀：〈今日之教育方針〉，載《新青年》(《青年雜誌》) 第 1 卷第 2 號，1915（10）。

他提倡中國人要敢於跟強敵拼爭，寧死不屈，在侵略者面前要有野性的反抗，不要有奴性的馴服，意思雖然可以理解，但「獸性」這種措辭終究不妥。

不過，這些偏激之處不久就被人們所認識。拿毛澤東來說，他在抗戰時期寫就的〈青年運動的方向〉、〈新民主主義論〉、〈反對黨八股〉等文章中，一方面對「五四」肯定得很高，另一方面也清醒地指出「五四」存在着形式主義地看問題的偏向：「所謂壞就是絕對的壞，一切皆壞；所謂好就是絕對的好，一切皆好。」[21]似乎西方的一切都好，而中國的一切都糟，毛澤東的〈反對黨八股〉就狠狠批評了這種偏向。毛澤東在三四十年代的著作裏多次講到孔子，口氣都是尊敬和肯定的，特別是在〈中國共產黨在民族戰爭中的地位〉那篇文章裏，講得非常明確，他説：「從孔夫子到孫中山，我們應該給以總結，承繼這一份珍貴的遺產。」[22]他稱孔子的學説是「一份珍貴的遺產」，可見他沒有跟着「五四」的偏激方面走。

21 〈反對黨八股〉，《毛澤東選集》，一卷本第 833 頁，北京，人民出版社，1966 年。
22 〈毛澤東選集〉，一卷本第 522 頁，北京，人民出版社，1966 年。

而且，偏激畢竟不是「五四」新文化運動的主要方面。總體上看，「五四」新文化運動是一場由理性主導而非感情用事的運動。當時提倡民主、提倡科學、提倡新道德、提倡新文學，介紹近代西方人道主義、個性主義等思潮，主張人權、平等、自由，這些都是服從於民族發展需要而做出的理性選擇。胡適、周作人都鼓吹要「重新估定一切價值」，就是要將傳統的一切放到理性的審判台前重新檢驗、重新估價。在反對了儒學的綱常倫理和一味仿古的舊文學之後，他們又提倡科學方法，回過頭來整理中國古代的學術文化。魯迅寫《中國小說史略》、《漢文學史綱要》，胡適寫《白話文學史》、《中國哲學史》，進行古典小說考證，就是要用現代的觀點、科學的方法重新整理研究古代文化。這就證明他們是要革新傳統文化，而不是拋棄傳統文化。可以說，從「五四」起，中國思想的主潮才進入現代。「五四」是一場思想大解放的運動，是把中國的歷史和文化大大向前推進的運動。「五四」是接受近代中國思想文化危機的呼喚而誕生的，它本身並沒有帶來危機，而是基本上成功地解決了那場危機。直到今天，我們依然享受着「五四」新文化運動的成果。

「文革」與「五四」：南其轅而北其轍

誠然，「五四」啟蒙和反封建思想的事業並未完成。特別是經歷了 20 世紀六七十年代「文革」以後，人們更深刻地感受到這一點。這裏必須說到「文革」、「五四」和傳統文化之間到底是怎樣一種關係。在我看來，「文革」並不像林毓生、陳來教授說的那樣是「五四」全盤反傳統文化運動的繼續和發展（上面已說過，「五四」並不全盤反傳統，而且毛澤東對「五四」的毛病也有認識），恰恰相反，「文革」是「五四」那些對立面成分的大回潮，是「五四」新文化運動所反對的封建專制、愚昧迷信在新歷史條件下的惡性發作。「文革」和「五四」充其量只有某些表面的相似，從實質上看，兩者的方向完全是南轅北轍。「文革」的出現有兩個根本條件：在上面，是個人專制傾向變本加厲，中共民主生活受到嚴重破壞；在下面，是個人迷信盛行，某個領袖越來越不正常地被神化。兩個方面上下結合，才會發生「文革」。而這二者，正是「五四」新文化運動的對立面。「五四」提倡民主，是為了反對封建專制；提倡科學，是為了反對愚昧迷信。「文革」和「五四」恰好是反方向的運動（撇開「破

四舊」之類枝節現象不談）。「文革」的發生，說明封建思想早已嚴重侵襲到了革命隊伍內部。中國反對封建思想的鬥爭本是長期的事情，僅僅「五四」那幾年不可能一蹴而就，啟蒙必須不斷地進行。大量歷史事實證明，啟蒙並沒有（也根本不可能）因救亡而被壓倒。即使在抗日戰爭這樣的救亡高潮當中，也還有新啟蒙運動，人們也還在做着大量的啟蒙工作[23]。真正的問題在於：一旦封建思想侵襲到革命內部，反起來就非常困難，比一般反封建難上千百倍。因為投鼠忌器，怕傷害革命，也因為封建思想有時以革命的名義出現，用革命做護身符。延安時期丁玲發表〈三八節有感〉、《我在霞村的時候》、《在醫院中》，王實味發表《野百合花》，就是在解放區裏反對封建思想、反對宗法觀念、反對小生產意識，然而他們卻付出了沉重的代價。中國畢竟是個小農意識猶如汪洋大海的國家，封建思想幾乎無處不在，人們對此缺少清醒認識。作為政治局委員、書記處書記的張聞天，抗戰時期很強調新文化的民主性內容，他在 1940 年 1月 5 日陝甘寧邊區文化界第一次代表大會的報告中就提

23　參閱拙著：〈關於中國現代文學史研究的若干問題〉，收入《世紀的足音》，北京：作家出版社，1996 年。

出新文化必須是「民主的，即反封建、反專制、反獨裁、反壓迫人民……主張民主自由、民主政治、民主生活與民主作風的文化」[24]。但毛澤東的〈新民主主義論〉就不強調新文化的民主性，他認為，新文化是大眾的，所以必然就是民主的，民主用不着特別強調。這種認識上的偏差就可能產生某種專制傾向。如果説 20 世紀 40 年代這還只是苗頭，那麼到 50 年代末 60 年代初，個人專制就已發展成為巨大的、嚴重的現實危險。鄧小平同志在 70 年代末深有感慨地説：「沒有民主就沒有社會主義，就沒有社會主義的現代化。」[25] 真正説中了事情的要害。毛澤東 1958 年從第一線退下來後，用許多時間讀《資治通鑒》、「二十四史」等大量古籍，他從歷代興亡中吸取經驗、智慧和策略。現實中「三面紅旗」遭遇的挫折，增強了他無端的懷疑猜忌心理。他很怕遭到史達林死後被赫魯雪夫鞭屍的命運，很怕中國出赫魯雪夫[26]。在這

24　《張聞天選集》，第 252—253 頁，北京：人民出版社，1995 年。

25　〈堅持四項基本原則〉，《鄧小平文選》，第 2 卷，第 168 頁，北京：人民出版社，1983 年。

26　據江青對美國女記者維特克的談話，劉少奇就因為 1964 年在農村社會主義教育運動介紹王光美「桃園經驗」的會上講了「30 年代開調查會的方法不夠用了，現在必須扎根串聯」這句話，才被判定為「公然反對」毛的路線而成為「中國的赫魯雪夫」的。毛澤東在 1966 年發表的〈我的一張大字報〉也證實了這一點。

種情況下，傳統文化中那些讚美專制、排斥異端、愚弄民眾甚至扼殺人性的消極成分，恐怕未必不會對毛澤東產生作用。像《商君書‧修權》所謂「權制獨斷於君則威」；《荀子‧王制》所謂「才行反時者殺無赦」；《論語‧泰伯》所謂「民可使由之，不可使知之」；《墨子‧尚同》所謂「天子之所是，皆是之；天子之所非，皆非之」等，我們難道沒有從六七十年代中國的現實中看到這類思想的投影嗎？以上這種種條件糾合在一起，「文革」的爆發幾乎就成為不可避免的了。

為了不讓「文革」悲劇重演

巴金在 1979 年批判「四人幫」時，曾說過這樣一段非常沉痛的話[27]：

> 「四人幫」之流販賣的那批「左」的貨色全部展覽出來，它們的確是封建專制的破爛貨，除了商標，哪裏有一點點革命的氣味！林彪、「四人幫」以及什麼「這個人」、「那個人」用封建專制主義的

27　巴金：〈紀念「五四」運動 60 週年〉，《隨想錄》，第 1 集，人民文學出版社，1989 年。

全面復辟來反對並不曾出現的「資本主義社會」，他們把種種「出土文物」喬裝打扮硬要人相信這是社會主義。他們為了推行他們所謂的「對資產階級的全面專政」，不知殺了多少人、流了多少血。今天我帶着無法治好的內傷迎接「五四」運動的 60 週年，我慶幸自己逃過了那位來不及登殿的「女皇」的刀斧。但是回顧背後血跡斑斑的道路，想起 11 年來一個接一個倒下去的朋友、同志和陌生人，我用什麼來安慰死者、鼓勵生者呢？說實話，我們這一代人並沒有完成反封建的任務，也沒有完成實現民主的任務。

這段話說得非常好，既針對着「文革」，又涉及「五四」開啟的事業，都很一針見血。它可以說代表了億萬「文革」親歷者的共同心聲。

所以，「文革」表面上是打倒一切，「封資修」文化全批判，實際上是封建主義大回潮和傳統文化中的糟粕在起作用。它和「五四」新文化運動的根本方向是相反的。為了避免「文革」的悲劇重演，我們得出的結論應該相反，不是去否定「五四」，而是應該發揚「五四」新

文化運動的啟蒙理性精神，繼續進行反封建思想的鬥爭，繼續進行民主、法治建設，對傳統文化和外來文化都採取實事求是的分析態度，繼承一切對人民、對民族有益的好的內容，而摒棄那些反人民、反民主的有害的東西。這就是我們應該吸取的經驗教訓。

「五四」新文化運動與中國的家族制度 [1]
── 讀史劄記之二

家族制度曾是「五四」新文化運動鋒芒所向的焦點之一。陳獨秀《憲法與孔教》一文在批判「三綱」說時，實際上已涉及了禮教和家族制度，認為「此等別尊卑、明貴賤之階級制度，乃宗法社會封建時代所同然」[2]。1917年初，吳虞在《新青年》上發表了〈家族制度為專制主義之根據論〉，正式指出：「蓋孝之範圍，無所不包，家族制度與專制政治，遂膠固而不可以分析。」魯迅則在1918年5月發表了白話小說《狂人日記》，如作者自己所說，「意在暴露家族制度和禮教的弊害」[3]。他還寫了〈我之節烈觀〉、〈我們現在怎樣做父親〉等一系列論文，申述他在家族問題上的見解。影響所及，此後三十年裏，新文學作品涉及大家族制度題材者，簡直難以計數，其中著名的，小說如巴金的長篇《家》、《春》、《秋》，中篇《憩園》、《寒夜》，丁玲的長篇《母親》、端

1　本文原載《魯迅研究月刊》1999年10月號。

2　載《新青年》第2卷第3號，1916年11月1日。

3　《中國新文學大系‧小說二集‧序》，收入《且介亭雜文二集》。

木蕻良的長篇《科爾沁旗草原》、老舍的長篇《四世同堂》、梅娘的《蟹》、路翎的長篇《財主底兒女們》，戲劇如曹禺的《雷雨》、《原野》、《北京人》等。其間思想傾向雖不盡相同，然對家族制度持非議乃至猛烈攻擊者居多。

今天我們到底應該怎樣看待「五四」新文化運動對家族制度的批判？

一

要評論「五四」新文化運動在家族制度問題上的功過，有必要先對家族制度本身做一番粗略的考察。

在原始社會初期，並無所謂家族制度。2,240 年前的《呂氏春秋·恃君覽》中，有這樣一段話形容初民時代人們的生活狀況：

> 其民聚生羣處，知母不知父，無親戚、兄弟、夫婦、男女之別。

那時可以說還處在羣婚階段，撫養子女的責任完全由女性承擔，人們只知道誰是母親，不知道誰是父親。

那是沒有家庭的母系氏族社會。因為沒有家庭，所以無所謂親戚、兄弟、夫婦，也不講究男女的區別了。後來隨着勞動工具的進步，社會有了剩餘產品。男子由於體力比女子強健，有機會創造更多剩餘產品，也有機會佔有更多剩餘產品。於是，氏族社會就逐步由母系向父系過渡，家庭、私有制也同時產生。

家庭從它產生之時起，就具有男權制的特徵，而家族制度則正是男權制的擴大和系統化。所謂家族制度，大體包括以下內涵：第一，以男性為中心，尊者長者專權，父——子——孫代代傳承，婦女在其中完全沒有地位。第二，為保證男子血統上的綿延不斷，位尊者實行公開的一夫多妻制。按照《禮記》和《春秋公羊傳》的說法，秦漢以前，「天子有六宮，三夫人、九嬪、二十七世婦、八十一御妻；諸侯有九女；大夫一妻二妾；士則一妻一妾」。第三，兒子多了以後，為避免兄弟之間爭鬥、殘殺，明確實行立嫡、立長的制度，由嫡長子——宗子優先繼位。宗子這支為大宗，其餘為小宗。各小宗共尊大宗。而各小宗內部又各有自己的宗子。宗子制逐漸淡化後，族長替代了宗子的某些責權。第四，設祖廟、宗祠（也是家族的法庭）共同祭祀祖先，同宗同族

為親，按血緣關係的親疏遠近及戰爭中功業大小，分配宗族享有的權力和財產。這從「宗族」二字的構成上也多少能看出其含義：「宗」字就是一座廟與一個神（示），「族」字則是一面旗與一支箭（矢），最早也就是指那些在同一座廟裏祭祀同一神靈的人們，以及在同一面旗幟下共同去作戰的人們。宗族成員既然命運與共，權力、財產的分配自然也就各有其分。所有這些，都體現出宗法制共有的原則和要求。當然，家族制度的形成，也同中國這個大面積的農業社會具有比較穩定的生活、居住條件有關。如果是古代匈奴那樣的遊牧民族，或者像地中海沿岸主要經商的島國，他們遷徙多、家庭分裂快，就不可能也沒有必要形成多世同堂、聚族而居的大家族制度。

中國的家族制度，似乎在夏朝以前五帝時代就已有了不完備的雛形。《史記‧五帝本紀》說，「軒轅時，神農氏世衰」，黃帝以三戰而服炎帝，後又擒殺蚩尤，於是被各部族領袖尊為天子。黃帝共二十五子，有一個龐大的家族，想必這個家族的成員在戰爭中發揮了作用。嫘祖是黃帝的正妃，生有二子：一為玄囂，二為昌意，後來即位的都是他們兩人的子孫，可見當時已有嫡庶之

分，傳嫡已成制度。據說黃帝「在位百年而崩」[4]，兒輩大概也老了，所以繼位者是他的孫子高陽（昌意之子），也就是帝顓頊。顓頊死後，由其姪子高辛（玄囂之孫）繼位，是為帝嚳。嚳去世，先由其子摯代立，九年後又由嚳的另一個兒子、摯的弟弟放勳接位，是為帝堯。「堯立七十年得舜，二十年而老，令舜攝行天子之政，薦之於天」。[5] 這位舜帝，就是顓頊的六世孫，同時又是堯的女婿。舜踐帝位三十九年，又預薦禹於天，而禹，仍是黃帝和嫘祖的後人。舜和禹雖然分別接受了禪讓，但「堯子丹朱，舜子商均，皆有疆土，以奉先祀。服其服，禮樂如之」。[6] 享受着特別優待。足見在當時人們心目中，父子相傳亦已成天經地義。從黃帝到堯、舜以至禹，這歷史上的五帝時代，經歷了將近三百年，其實就是一個軒轅氏家族當政的王朝。司馬遷說：「自黃帝至舜、禹，皆同姓而異其國號，以彰明德。」[7] 其間，一邊有相互的禪讓，另一邊也有尖銳的爭奪。據《孟子》、《史記》等

4　《史記集解》依皇甫謐《帝王世紀》所作的註。

5　見於《史記・五帝本紀》。

6　均見於《史記・五帝本紀》。

7　見於《史記・五帝本紀》。

書，舜的異母弟象，為了爭奪財富並佔有嫂子，就處心積慮要暗害舜，一次放火，一次活埋，兩次都幾乎要了舜的性命，足見家族內部的鬥爭有時也到了相當白熱化的程度。

夏代自啟以後，大體都是父子世襲。在商代，則是子繼父位與弟承兄位相交替。值得注意的是，殷商卜辭中已有了大宗、小宗的區分，似乎表明子繼父位仍是商代的基本原則。到周代，又完全恢復了父子世襲，而且明確規定傳位給嫡長子，保證了王朝統治穩定地延續達八百多年。周代大概是禮制和家族制度形成得較為完備的一個朝代；它的「興滅國，繼絕世」的政策，也使封建制在一些重要環節上得以完善，促進了大家族制度的發展。這些主要是周公旦的貢獻。當時成王年幼，以個人才能和掌握的權力而言，周公旦完全有可能接管天子大權；但他顧全大局，堅持禮制，模範地執行王命，後來就成了儒家心目中的典範（孔子做夢都夢見周公）。

但中國幾千年家族制度並非完全自發地發展下來，它實際上受了儒家思想的很大影響。儒家充分肯定周公旦手裏形成的禮制，把家族制度看作整個社會的基礎和柱石，他們的仁政、禮治全是從家族推廣出去的。儒家

的倫理道德的核心是孝、弟（悌）。孝是孝敬父母，尊敬祖先，這是維持父子血統關係綿延不斷的保證，是縱向的。弟是兄弟友愛，乃家族和睦的保證，是橫向的。把這兩者再推廣、擴大，用孝的精神向上事君，那就是忠；用弟的精神橫向對待朋友和一切人，那就是恕。孝、弟、忠、恕合起來，那就是儒家的仁。在儒家看來，孝弟也者，為人之本。「其為人也孝弟，而好犯上者，鮮；不好犯上而好作亂者，未之有也」[8]。他們認為，通過孝、弟才能實現忠、恕，只有維護家族制度才能維護封建社會的統治秩序。所以錢穆説，「中國文化，全部都從家族觀念上築起」；並且説：「孔子雖然不講上帝，不近宗教，但孔子卻有一個教堂。家庭和宗廟，便是孔子的教堂。」[9]錢穆和「五四」新文化運動先驅者的立場根本不同，但所得結論卻大致相同，因為這確實是中國歷史上的真相。可以説，儒家自覺地使中國的家族制度與鞏固封建統治秩序的歷史要求相適應，並使之完善化、理論化，其結果，則是形成了君、父、夫並尊的「三綱」

8　《論語・學而》中有子的話。

9　分別見於錢穆《中國文化史導論》修訂本第三章、第四章，商務印書館 1994 年 6 月修訂版，第 51、84 頁。

學說。這種制度和學說，在中國幾千年封建社會的發展中，發揮了巨大的作用，絕不可等閒視之。對此，只有進行歷史的具體的考察，才能得出比較科學的看法，不致陷入簡單片面的弊病。

二

中國歷代王朝，無例外地，都要依靠宗法家族制度來延續自己一姓的統治。士大夫也需要憑藉家族關係擴展、鞏固自己以及子孫的勢力。而從西漢武帝時起，自覺維護家族制度的儒家，又在兩千多年中一直處於獨尊的地位，他們的主張被各個王朝利用國家政權的力量加以推行（如漢代起的「舉孝廉」）。這兩方面的條件結合在一起，遂使家族制度與宗族觀念在中國得以繁衍盛行，根深蒂固。

兩漢到魏晉南北朝，已有三世、四世同居共財的家庭。還有五世、六世乃至九世同居的，一家男女多達一兩百口。至於聚族而居的情形，更屬多見。即使因避戰亂從中原向南方遷徙，往往也是整個家族採取行動（閩、粵、贛等地的客家人，多屬此類情形）。直到清朝初年，顧炎武走遍全國考察民情時，還在北方看到一些

大家族。在山西省聞喜縣，顧炎武就看見一個很大的村落，名叫裴村，村中幾千人家都姓裴，他們從唐朝留傳下來，近千年一直聚族而居。這種大家族制度，對於中國封建宗法社會的穩固，無疑起到了很大的作用。如果要討論中國封建社會何以延續達三千年之久，恐怕家族制度是一個很重要的原因。

具體來說，歷史上的家族制度，所發揮的比較獨特的功能，似乎可歸結為以下三個方面。

第一，在政治上，士紳作為家族制度的代表，成為中國封建社會的支柱和中堅力量。宗族家訓中就有這樣的規定：「公賦乃朝廷軍國之急，義當樂輸者，凡我子姪，差糧限及時上納。」[10] 他們平時是綱常倫理的維護者、封建王室的擁戴者，一到非常時期，則成為各個朝代的忠實捍衛者。大家族在地方上有自衛的武裝，到局勢不穩時，這些武裝就能發揮作用。魏晉南北朝時期，北方的少數民族入侵，東晉的官方力量南遷，而北方各地的漢族大家族就組織武裝力量反抗，拉起許多隊伍。後來雙方妥協，雖然北方少數民族領袖當了君主，但主

10　〈義門家訓〉，見《義門陳氏大同宗譜》卷四。

政的中上層官員還是這些士族大家族的頭面人物。幾十年、上百年下來，這些少數民族上層人物反而被同化了。在宋代，北方的漢族士紳在反抗金兵入侵方面，也有突出的表現，像辛棄疾，就在山東組織領導當地鄉民武裝抗金。當農民起義發生時，激烈地對抗起義軍的，也往往是大家族的士紳力量。元末紅巾軍起事，處州士紳呂文燧、呂文煜兄弟曾招募族中子弟與義軍頑固對抗。[11] 明末有名的農民起義軍領袖李自成，就是在湖北九宮山被當地的大家族武裝殺死的。清代的曾國藩和他的家族，在對抗太平天國農民起義方面，更是發揮了極大的作用。經過嚴酷的反覆較量，最後終於用他們的地方武裝加上擴編的正規軍，打敗了太平天國的軍隊。可見，大家族在政治上和軍事上都很有號召力。

第二，在經濟上，家族內部實行某種程度的利益均沾乃至公共的財產制度，作為家族成員保持凝聚力的物質基礎。那些四世同堂、五世同堂的大家庭，全家幾十口、上百口人共同生活，收入錢財歸公，開銷統一支配，到了實在支撐不下去時才分開過。即使分拆成小

11　據宋濂〈故嘉興知府呂府君墓碑〉，收入《宋學士文集・芝園續集》卷二。

的家庭，同宗的人仍保持着家族關係，保留了一部分公積金，其收入用來賙濟族內的貧窮戶、困難戶。這叫作「義莊」、「義田」，是由族內富裕家庭主動捐獻出一部分土地成立的。首創者是宋朝的范仲淹，他以自己官俸所得，在平江（今蘇州）購田千餘畝，用作恤貧濟困，使族中貧者「日有食，歲有衣，婚娶凶葬皆有贍」[12]；這種制度後來普遍盛行於中國各地。明清時期介紹義田「贍族」的情形説：「其婚嫁之失也，則有財以助之；其寒也，則為之衣；其疾也，則為之藥；其死也，則為之殮與埋。」[13] 此外，一些家族還設有義塾、學田、社倉等公產形式。義塾免費為本家族少年兒童開設學校，提供教育。學田則是用作教育經費的族裏公共田地。社倉是農村在豐年時積穀以對付凶年、災荒的一種辦法，據説宋代的朱熹曾經營過。這些措施的實行，一方面可以增進家族內部的向心力，另一方面也減輕了整個社會的經濟壓力，有助於社會的穩定發展。

第三，家族制度在文化發展上也是有貢獻的。正像

---

12 宋錢公輔《義田記》。

13 《京兆歸氏世譜・歸氏義田記》。

陳寅恪所指出的，文化需要多代積累，真正有深厚文化教養的人才，往往出現在富有積累的世家子弟中。其間就有家族制度所做的無形的貢獻。尤其像家譜、族譜，每個大家庭、大家族幾乎都會參與修撰。有的家族譜系長達一兩千年，因而保留了許多珍貴的史料。這同樣是一種文化建設。孔子的家族，幾乎可以整理出 3,000 多年的譜系：據《史記》所載，孔子的祖上本來是春秋時代宋國貴族，從孔子的五世祖起，因避難而遷到魯國。他的家世，可以上溯到宋國的一位君主潛公，再由那位君主直溯到宋國的始封 —— 商代末年紂王的庶兄微子。這樣，在孔子以前已經有 1,000 多年歷史。而孔子以後，一直到當今 2,500 多年後的 77 代孫，則更是完完整整都有姓名可供查考的。家族譜系詳盡到這種程度，世界上除中國外，恐怕再沒有第二個國家會有。而且一個家族中如果有人遷徙，族譜內也會有記載，由此也可以考察出戰爭等社會變亂留下的痕跡。再有，像私家園林的發展，特別是明、清兩代的江南園林藝術，也都和大家庭的修建、保護分不開。至於在民宅建築方面，家族制度更為它留下了深刻的印記。現時福建西部、江西南部、廣東東部的一些團城式建築羣（圍屋）、石頭碉堡

式建築羣（寨子），幾乎都是古代由中原遷到那裏的客家人大家族修建的。一座建築高達數層，防守嚴密，不怕水淹，又不怕火攻，可以住幾十戶、百多戶家庭，遇到非常情況可以讓幾百人關起寨門生活幾個月，而且經歷數百年風風雨雨還能完整地保存下來，這是大家族的一種獨特創造。

總之，中國的家族制度在行政自治、軍事防衛、經濟互助、文化發展方面，都有一些很值得重視的成就，在歷史上確實發揮了自己的作用。

但是，中國的家族制度也有相當嚴重的消極面，而且越到後來，這些消極面越來越顯得嚴重和突出。

第一，家族制度以維護男權制的父子繼承血統關係為核心，完全剝奪了婦女的權利。本來，所謂血統，應該既有父親，也有母親，是包括了男女兩種性別才能構成的關係。但中國的家族制度根本忽視女性的存在。儒家把父子的重要性看得遠遠超過夫婦，認為夫婦可合亦可離，父子關係體現生命的綿延不絕。孔子本人就有點輕視婦女，說什麼「唯女子與小人為難養也，近之則不遜，遠之則怨」。後來的儒家不但規定了「夫為妻綱」，而且規定婦女在丈夫死後必須守節。程頤竟說什麼「餓

死事極小，失節事極大」。社會上形成了一種觀念，好像妻子是丈夫的衣服，需要時穿上，不需要了可以隨時脫下；對為妻者有所謂七出的條規，只要七個條件（不生孩子、不孝公婆、說話無禮、偷竊東西、嫉妒小妾、淫佚、有病）中佔上一條，丈夫就可以把妻子趕走。《三國演義》第十九回裏那個忠孝雙全的獵戶劉安，為了顯示對劉備的忠心，竟然殺了妻子從她腿上割下肉來給劉備做下酒菜。宋朝詩人陸游和妻子感情很好，但因為他母親不喜歡這個媳婦，就以「不孝」的罪名強迫兒子和媳婦離婚，有一齣戲《釵頭鳳》就講這個故事。總之，家族制度中由於婦女完全沒有地位，從古到今不知道製造和演出了多少悲劇。直到「五四」運動前一年，全國許多地方還在繼續發生着族長處死族內「不貞」的女子，以及未婚夫病故，十七八歲的未婚妻就自殺殉夫，或者抱着丈夫的木頭牌子拜堂終於守寡一輩子的悲慘故事。

第二，家族制度束縛着商業與手工業的發展。儒家輕商，所謂「父母在，不遠遊」，當然不利於商業、手工業的興盛。而大家庭在其內部實行吃大鍋飯的辦法，更難以獲得成員持久認可。家族制度在經濟上要求的，充其量是小範圍內的自給自足與鄉村自治，而商業與手工

業的發展則要求大範圍的市場交易以便貨暢其流，二者的矛盾衝突也是顯然的。通常所說的士、農、工、商四類人中，其利益與要求很不一樣：士、農兩類自發地依附於家族制度，或與家族制度比較適應（所謂「窮家難捨，熱土難離」，便是束縛於土地的農民的特性；士則嚮往讀書做官，也要求相對穩定富足的大家庭生活）；而商人與手工業者則在其經營過程中，總是要求能靈活地流轉、遷徙，總是要求突破大家族的控制而建立小家庭。春秋戰國時代的秦國，曾用商鞅之法實行鼓勵小家庭的政策，規定「民有二男以上不分異者，倍其賦」，其結果造成秦國的富強：「行之十年，秦民大悅，道不拾遺，山無盜賊，家給人足」[14]，後來並出現了呂不韋這樣的大商人。漢朝初年也曾出現不少富商巨賈。但漢代實行重農抑商政策，一方面獨尊儒術，強化家族制度，另一方面對商人很不放心。文帝、景帝時期就下令將富商、任俠及其他所認為的「危險人物」，集中遷徙到五陵原上加以管制監督；到武帝時更進一步實行鹽鐵官營，限制商業、手工業的活動。以後的一些朝代，也不斷強

14　均見《史記·商君列傳》。

化家族制度，實行封閉式自給自足經濟；明後期至清代則甚至實行海禁。所有這些，當然更嚴重妨礙和束縛着商業、手工業的興盛。

第三，家族制度以其自身的專制傾向，易於壓制個性，最終導致腐敗。大家庭有家長，大家族有族長，他們作為家族制的代表，常常與年輕一代的個性自由要求相對立。如果家長、族長開明一點還比較好；可惜許多家長、族長都有專制和濫用權力的傾向。例如，對兒女的婚姻大事，往往只按家族利益所要求的「門當戶對」原則來考慮，由父母包辦，根本不許青年人有自己的愛情選擇，因而帶給他們的只是痛苦。家庭事務方面，子女同樣沒有發言權，只能依從父母。在長輩專權，而權力又缺少制約、缺少監督的情況下，家族制度只能走向腐敗。《紅樓夢》裏的寧國府，就只剩下門前一對石獅子還乾淨；榮國府中賈寶玉形象的出現，更預示着大家族制度的必然崩潰。當族長和其他掌權人掌管族中公產經營權，掌管義莊、義塾、學田這些可以獲利的部門時，就更加容易腐化。吳組緗的中篇小説《一千八百擔》，就寫族裏掌權人出於私利而互相鈎心鬥角，各自拼命要從義莊、學田、義穀中撈取好處。它和巴金的長

篇《家》、《春》、《秋》,曹禺的劇本《北京人》一樣,都是家族制度走向腐敗的一幅幅縮影。

所以,中國的家族制度在歷史上既發揮了作用,有自己的貢獻,也存在嚴重的問題——尤其到它的後期。這就是「五四」新文化運動終於要向家族制度發動致命一擊的原因。

三

《新青年》創刊不久,陳獨秀就從提倡民主、反對專制、反對奴從的原則高度,批判了儒家的「三綱」學說。他在〈一九一六年〉一文中明確指出:

> 儒者三綱之說,為一切道德政治之大原。君為臣綱,則民於君為附屬品,而無獨立自主之人格矣。父為子綱,則子於父為附屬品,而無獨立自主之人格矣。夫為妻綱,則妻於夫為附屬品,而無獨立自主之人格矣。率天下之男女,為臣,為子,為妻,而不見有一獨立自主之人者,三綱之說為之也。緣此而生金科玉律之道德名詞,曰忠,曰孝,曰節,皆非推己及人之主人道德,而為以己屬人之

奴隸道德也。人間百行，皆以自我為中心，此而喪失，他何足言？奴隸道德者，即喪失此中心，一切操行，悉非義由己起，附屬他人以為功過者也。[15]

　　真是痛快淋漓的振聾發聵之言，它標誌着思想史上一個新時代的開始。陳獨秀還在其他文章中，指稱「忠孝並為一談，非始於南宋，乃孔門立教之大則也」；他依據「禮者，君之大柄也」，「非禮無以辨君臣、上下、長幼之位也」一類經典性說法，認為以「三綱」為核心的禮教，維護的正是君主為首的封建等級制度[16]。「三綱」學說本與儒家主張的家族制度有極密切的關係，其中父、夫兩條原屬這一制度的基本內容，另一條君權更屬家族制度所要服務的主旨。既然「三綱」學說受到批判，也就預示着家族制度很可能成為新文化運動涉及的目標之一。果然，不出數月，吳虞即寫了〈家族制度為專制主義之根據論〉[17]，由「君父並尊，為儒教立教之大本」，推斷家族制度實為君主專制之基礎：「求忠臣必於孝子

15　載《青年雜誌》第 1 卷第 5 號，1916 年 1 月 15 日出版。

16　均見〈憲法與孔教〉，載《新青年》第 2 卷第 3 號，1916 年 11 月 1 日出版。

17　吳虞此文載《新青年》第 2 卷第 6 號，1917 年 2 月 1 日出版。

之門」,「蓋孝之範圍,無所不包,家族制度之與專制政治,遂膠固而不可以分析。而君主專制所以利用家族制度之故,則又以有子之言為最切實。……其於銷弭犯上作亂之方法,惟恃孝、弟以收其成功。」吳虞還認為:「歐洲脫離宗法社會已久,而吾國終顛頓於宗法社會之中而不能前進。推其原故,實家族制度為之梗也。」吳虞的立論不無道理,但並未做出學理上的具體論證,且對家族制度本身的論述亦失之浮泛。真正深入到這一制度的核心內容裏做出剖析者,倒是魯迅。

針對家族制度中婦女全無地位卻又負荷着深重痛苦的狀況,魯迅在〈我之節烈觀〉一文中進行了尖銳的揭露和誠懇的討論。他嚴厲譴責了男尊女卑,「婦者服也」、「餓死事小,失節事大」、男子可以多妻,婦女必須守節一類「畸形道德」。魯迅說:「道德這事,必須普遍,人人應做,人人能行,又於自他兩利,才有存在的價值。現在所謂節烈,不特除開男子,絕不相干;就是女子,也不能全體都遇着這名譽的機會。所以決不能認為道德,當作法式。」他指出,所謂「節烈」,事實上是一種「無主名無意識的殺人團」,使許多婦女「不幸上了歷史和數目的無意識的圈套,做了無主名的犧牲」。「皇

帝要臣子盡忠，男人便愈要女人守節。……然而自己是被征服的國民，沒有力量保護，沒有勇氣反抗了。只好別出心裁，鼓吹女人自殺」。「這一類無主名無意識的殺人團裏，古來不曉得死了多少人物」。用小說《狂人日記》主人公的話來說，也就是：「我翻開歷史一查，這歷史沒有年代，歪歪斜斜的每葉上都寫着『仁義道德』幾個字。我橫豎睡不着，仔細看了半夜，才從字縫裏看出字來，滿本都寫着兩個字是『吃人』！」魯迅鄭重宣告，在「人類眼前早已閃出曙光」的「二十世紀」，節烈之類「無益社會國家，於人生將來又毫無意義的行為，現在已經失了存在的生命和價值」。文末，魯迅雖然面向未來卻仍感沉痛地大聲疾呼：

> 我們追悼了過去的人，還要發願：要除去於人生毫無意義的苦痛。要除去製造並賞玩別人苦痛的昏迷和強暴。
>
> 我們還要發願：要人類都受正當的幸福。[18]

18　〈我之節烈觀〉，載《新青年》第 5 卷第 2 號，1918 年 8 月出版。

這也就是説,「五四」先驅者誠摯地希望在中國能建立一種嶄新的男女平權的家庭,以替代幾千年來婦女受盡痛苦的舊式家族制度!

魯迅向家族制度提出的另一問題,是革除長者本位觀念,代之以幼者本位思想。這是中國家庭制度變革中的又一個根本性命題。他在〈我們現在怎樣做父親〉[19]中開門見山説:「我作這一篇的本意,其實是想研究怎樣改革家庭;又因為中國親權重,父權更重,所以尤想對於從來認為神聖不可侵犯的父子問題,發表一點意見。總而言之:只是革命要革到老子身上罷了。」魯迅指出:「生命何以必需繼續呢?就是因為要發展,要進化。……所以後起的生命,總比以前的更有意義,更近完全,因此也更有價值,更可寶貴;前起的生命,應該犧牲於他。但可惜的是中國的舊見解,又恰恰與這道理完全相反。本位應在幼者,卻反在長者;置重應在將來,卻反在過去。」「中國的『聖人之徒』……以為父對於子,有絕對的權力和威嚴」;「他們的誤點,便在長者本位與利己思想、權利思想很重,義務思想和責任心卻

19　載《新青年》第 6 卷第 6 號,1919 年 11 月出版。

很輕。以為父子關係，只須『父兮生我』一件事，幼者的全部，便應為長者所有。尤其墮落的，是因此責望報償，以為幼者的全部，理該做長者的犧牲。」在魯迅看來，這些「誤點」，連同「三年無改於父之道，可謂孝矣」一類曲說，以及「割肉飼親」一類不合理的宣導，都是「退嬰的病根」。魯迅認為：「中國舊理想的家族關係、父子關係之類，其實早已崩潰。這也非『於今為烈』，正是『在昔已然』。歷來都竭力表彰『五世同堂』，便足見實際上同居的為難；拼命的勸孝，也足見事實上孝子的缺少。而其原因，便全在一意提倡虛偽道德，蔑視了真的人情。」魯迅宣導一種「離絕了交換關係利害關係的愛」作為「人倫的『綱』」。他主張：「覺醒了的父母」「對於子女，應該健全的產生，盡力的教育，完全的解放」；「自己背着因襲的重擔，肩住了黑暗的閘門，放他們到寬闊光明的地方去；此後幸福的度日、合理的做人。」

魯迅向家族制度提出的第三個問題是：拒絕沒有愛情的婚姻。這裏大概觸動着魯迅本人的傷痛，我們可以感受到魯迅感情的創口仍在流血。的確，家族制度帶給中國人的，絕大多數是沒有愛情的婚姻。正像一位不相識的青年寫給魯迅的短詩《愛情》中說的那樣：

我是一個可憐的中國人。愛情！我不知道你是什麼。

　　我有父母，教我育我，待我很好；我待他們，也還不差。我有兄弟姊妹，幼時共我玩耍，長來同我切磋，待我很好；我待他們，也還不差。但是沒有人曾經「愛」過我，我也不曾「愛」過她。

　　我年十九，父母給我討老婆。於今數年，我們兩個，也還和睦。可是這婚姻，是全憑別人主張，別人撮合：把他們一日戲言，當我們百年的盟約。彷彿兩個牲口聽着主人的命令：「咄，你們好好的住在一塊兒罷！」

　　愛情！可憐我不知道你是什麼！[20]

　　魯迅稱這詩「是血的蒸氣，醒過來的人的真聲音」。魯迅在〈隨感錄四十〉中坦率承認：「愛情是什麼東西？我也不知道。中國的男女大抵一對或一羣 —— 一男多女 —— 的住着，不知道有誰知道。」「然而無愛情結婚的惡結果，卻連續不斷的進行。形式上的夫婦，既然都

20　引文見於魯迅〈隨感錄四十〉，載《新青年》第 6 卷第 1 號，1919 年 1 月 15 日出版。

全不相關，少的另去姘人宿娼，老的再來買妾：麻痺了良心，各有妙法。」怎麼辦？向女方要求離婚嗎？我們聽到了魯迅夫子自道般深沉痛苦的聲音：「但在女性一方面，本來也沒有罪，現在是做了舊習慣的犧牲。我們既然自覺着人類的道德，良心上不肯犯他們少的老的的罪，又不能責備異性，也只好陪着做一世犧牲，完結了四千年的舊賬。做一世犧牲，是萬分可怕的事；但血液究竟乾淨。聲音究竟醒而且真。」因此，魯迅主張：「我們能夠大叫，是黃鶯便黃鶯般叫；是鴟鴞便鴟鴞般叫。……我們還要叫出沒有愛的悲哀，叫出無所可愛的悲哀。……我們要叫到舊賬勾消的時候。舊賬如何勾消？我説，『完全解放了我們的孩子！』」這簡直是魯迅帶血的獨白和控訴！

總之，無論從男女地位、父子關係、婚姻制度哪方面說，魯迅都對中國的家族制度進行了猛烈的抨擊，並從根本觀念上做出一系列建設性的探討。這些文章是中國思想史進入現代的輝煌文獻！

對中國的家族制度從理論上深入展開批判的，稍後還有實業家盧作孚。他是「五四」新文化運動的積極支持者，少年中國學會會員。他在 20 世紀 30 年代初就

提出中國應實現國防、交通電訊、工農產業、文化科學的「四個現代化」，認為「內憂外患兩個問題，卻只須一個方法去解決，這個方法就是將整個中國現代化」[21]。他從自身長期社會實踐中，認識到家族制度是中國實現「四個現代化」的嚴重障礙，並寫了〈社會生活與集團生活〉、〈建設中國的困難及其必循的道路〉、〈民生公司的三個運動〉、〈社會動力與青年的出路〉等文做出闡釋。在〈建設中國的困難及其必循的道路〉這篇長文中，盧作孚指出：「中國人只有兩重社會生活——第一重是家庭，第二重是（由父的家族、母的家族擴大而成的）親戚鄰里朋友。」「家庭以外的社會關係必用家庭的關係去解釋，用家庭的道德條件去維繫。就天下說：君父、臣子，是以父子解釋君臣的關係；君主、臣妾，是以夫婦解釋君臣的關係。就地方言：官是父母官，民是子民，是以父母子女解釋官民的關係。人臣的道德條件是要移孝作忠。為官的道德條件是要愛民如子，是用了家庭的道德條件去維持大則天下、小則地方的關係。尊稱朋友為仁兄，自稱為愚弟，先生便是父兄，學生稱為弟

---

21 〈建設中國的困難及其必循的道路〉，連載於《大公報》1934 年 8 月 2 日至 11 日。

子，更可見得沒有一種社會生活不籠罩以家庭的意義。」
在家族制侵襲下，連新建立的現代社會集團，也容易變
質為單純由家人、鄉親控制的只知維護私利的幫派：「於
是乎訓練陸軍成功了北洋系，分化為直系和皖系，訓練
了海軍成功了閩系，整理鐵路成功了交通系……總之，
在任何新的事業之下，仍自成功了一羣親戚鄰里朋友，
彼此相為，而不能成功新的集團，為着事業。」盧作孚
正面提出，為了實現國家現代化，必須相應地組織新的
現代的集團生活，建設健全的合理的事業單位，打破家
庭、家族、親友的關係，按現代集團生活的要求重新訓
練人才，實行用人唯賢原則，建立新的比賽標準和新的
人際依賴關係。他對未來社會做了如下描繪：「我們的
預備是每個人可以依賴着事業工作到老，不至於有職
業的恐慌，如其老到不能工作了，則退休後有養老金，
任何時間死亡有撫恤金。公司要決定住宅區域，無論無
家庭的有家庭的職工，都可以居住，裏邊要有美麗的花
園、簡單而藝術的傢具，有小學，有醫院，有運動場，
有電影院和戲院，有圖書館和博物館，有極周到的消費
品的供給，有極良好的公共秩序和公共習慣，凡你需要
享用的，都不需要你自己積累甚多的財富去設置，凡你

的將來和你兒女的將來，都不需要你自己積聚甚多的財富去預備，亦不需要你的家庭說明你，更不需要你的親戚鄰里朋友幫助你，只需要你替你所在的社會努力地積聚財富，這一個社會是會盡量地從各方面幫助你的，凡你所需要，他（它）都會供給你的。」盧作孚用自己真正的現代社會理想來改造舊的宗法制農業社會，並且取得了相當的成功。他所領導、管理的民生實業公司以及一系列企業的發展，就是一個證明。

在中國家庭制度從古代向現代的轉變過程中，「五四」新文化運動的巨大功績是永遠不可磨滅的。它首次在歷史上用現代觀念批判了中國古老的家族制度，提出了男女平等、幼者本位、婚姻自主以及建立新的人際依賴關係（社會為人人，人人為社會）等嶄新的思想，並將這些思想普及到知識青年中去，使家庭作為社會細胞從幾千年來為宗法制君權服務轉而納入現代民主主義的制度體系。「五四」新文化運動不愧為一場真正的啟蒙運動和思想革命，為中國的現代化開闢了道路。「五四」和稍後時期對家族制度的批判，正顯示着這場思想革命的深度。

如果說「五四」對家族制度的批判也有缺點的話，

那是由於它過分着眼於當時的社會需要，對這一制度的道德評價較多，而對制度本身缺少社會歷史的分析和科學的探討。事實上，家族制度本身也是應某種歷史的要求而出現的。它在中國幾千年封建社會的前期和中期，對於推進社會的穩步發展，做出過積極的貢獻，雖然這種貢獻又以對商業、手工業的束縛並使社會板結停滯為代價。即使在封建社會後期，它的消極成分和不合理性日益顯得突出之時，在政治、文化建設的一些方面也還繼續保有某種積極的作用。只有到西方民主主義和社會主義思潮深入中國，現代產業、現代科學思想也在中國有了初步基礎之後，它的腐朽方面才徹底顯露，從而失去存在的根據並完全風化。認識家族制度曾經讓中國人特別是中國的婦女和青年付出巨大犧牲即認識它的「吃人」本質是必要的，但任何事物的評價歸根結底仍要看對於社會歷史的推動作用如何而定。道德評論可以引起感情好惡，卻畢竟不能代替歷史的科學的評價。正是在這方面，「五四」新文化運動又顯露出難以迴避的局限性。

1999 年 4 月 30 日寫畢於巴黎

現代小說的發展歷程 [1]

—— 為《中國大百科全書·中國文學卷》作

　　現代中國小說的主體，是「五四」文學革命聲中誕生的一種用白話文寫作的新體小說。它取法歐洲近代小說，卻植根於現實生活的土壤，既不同於中國歷來的文言小說，也迥異於傳統的白話小說。和中國封建時代許多小說表現帝王將相、才子佳人的內容相對立，現代小說以日常生活中普通的農民、工人、知識分子和市民為重要描寫對象，具有現代民主主義的思想色彩，不少作品還體現了科學社會主義思潮的影響。在藝術表現上，性格小說大量出現，心理刻畫趨於細密，全知式敍述角度有所突破，現實主義創作方法得到遵循，這些也都構成了「五四」以後新小說與實際生活大為接近的顯著特點。儘管章回體小說在現代依然存在，但這些作品也程度不同地吸收了新小說的思想藝術營養，並逐步朝新小說方面轉化。中國小說從「五四」時期起，跨進了一個與世界現代小說有共同語言的嶄新階段。

1　本文係與陳美蘭教授合作撰寫。

20世紀二三十年代小說創作的發展和繁榮 現代小說一開始就密切關心現實人生問題。提倡「文學革命」的《新青年》和最早成立的新文學團體文學研究會，既反對封建的載道文學，也反對鴛鴦蝴蝶派的遊戲文學，他們主張文學「為人生」。「問題小說」在「五四」時期的風行，便是這種潮流的一個突出標誌。宣導者從啟蒙主義的思想立場出發，認為「問題小說，是近代平民文學的產物」（周作人〈中國小說裏的男女問題〉）。現代小說的第一篇作品——魯迅的《狂人日記》，就提出了家族制度和封建禮教「吃人」這個重大問題。葉紹鈞的《這也是一個人？》，汪敬熙的《誰使為之？》，羅家倫的《是愛情還是苦痛？》，冰心的《兩個家庭》、《斯人獨憔悴》，樸園的《兩孝子》，以及盧隱、王統照、孫俍工等的一些小說，或提出人生目的意義問題，或提出青年戀愛婚姻問題，或提出婦女人格獨立和教育問題，或提出父與子兩代人衝突問題，或提出破除封建舊道德束縛問題。此外，也有作品涉及勞工問題、兒童問題，等等。這類小說對社會問題的答案並不一致，不少作品用美和愛的浪漫主義空想當作解決現實問題的鑰匙（冰心和葉紹鈞、王統照最初的小說都有這種傾向，許地山則還有宗教哲

理色彩）；有的連答案都沒有，屬於所謂「只問病源，不開藥方」；但「不開藥方」本身，也正是「問題小說」的特點之一。

真正顯示了「五四」到大革命時期小說創作的現實主義特色的，是魯迅以及在魯迅影響下的文學研究會、語絲社、未名社一部分青年作家。他們的短篇小說，描繪了各地頗具鄉土色彩的落後、閉塞的村鎮生活，提供了中國農村宗法形態和半殖民地形態的寬廣而真實的圖畫，獲得了顯著的成就。其中魯迅的《吶喊》、《彷徨》，更以圓熟單純而又豐富多樣的手法，通過一系列典型形象的成功塑造，概括了異常深廣的時代歷史內容，真實地再現了中國人民特別是農民在獲得無產階級領導前的極度痛苦，展示了鄉土氣息與地方色彩頗為濃郁的風俗畫，代表了「五四」現實主義的高度水平。很早就有評論者指出：「他的作品滿薰着中國的土氣，他可以說是眼前我們唯一的鄉土藝術家。」（張定璜〈魯迅先生〉）正是在魯迅的開拓與帶動下，新文學第一個十年的後期出現了一批鄉土文學作者，如潘訓、葉紹鈞、蹇先艾、許傑、魯彥、彭家煌、廢名、許欽文、台靜農、王任叔等，使這類小說獲得很大的發展。新體小說從最初比較

單純地提出問題到出現大批真實再現村鎮生活的鄉土文學作品，標誌着小說領域裏現實主義的逐步成熟。

但「五四」是一個開放的時代，現實主義之外，浪漫主義、象徵主義、自然主義、唯美主義、新浪漫主義以及總稱為現代主義的表現主義、未來主義、達達主義等文藝思潮連同佛洛伊德精神分析學說，也同時介紹到中國。創造社主要作家的小說創作，便兼有浪漫主義和現代主義的特徵。他們之所以被稱為「異軍突起」，主要因為創作上與宣導寫實主義的《新青年》、文學研究會的作家顯示了很大的不同。由郁達夫、郭沫若、陶晶孫、倪貽德、葉鼎洛、滕固、王以仁、淦女士等所代表的創造社這個流派的小說，基本上是一些覺醒而憤激不得意的新型知識青年的自我表現，帶有濃重的主觀抒情色彩和自我寄託成分（稍有不同的是張資平，他最早的一些小說還是自然主義或現實主義居多）。從郁達夫的《沉淪》起，坦率的自我暴露、熱烈的直抒胸臆、大膽的詛咒呼喊、誇張的陳述詠歎，便構成了創造社小說的浪漫主義基調，與葉紹鈞、許傑、彭家煌以及稍後的魯彥等作家對現實本身所作的冷靜描寫和細密剖析迥然相異。此外，創造社一部分作家的小說還具有現代主義

成分。郭沫若、郁達夫都在不同程度上受過德國表現派文學的影響（這從郭沫若的《喀爾美蘿姑娘》、郁達夫的《青煙》都可以看出來）。郭沫若的《Lobenicht 的塔》、《殘春》，陶晶孫的《木犀》等小說，則按佛洛伊德學說分析心理，描寫「潛在意識的一種流動」；有的作品還運用了意識流手段。從這個意義上說，他們為後來的現代派小說開了先河。創造社的浪漫主義、現代主義傾向，曾使淺草、沉鐘等社團受到影響。但隨着作家接觸社會生活的增多和世界觀的變化，郭沫若不久就批判了佛洛伊德學說並否定了浪漫主義，郁達夫的小說自《薄奠》以後，也逐漸增多了現實主義成分，創造社與文學研究會的一些重要作家後來終於殊途而同歸了。

　　無產階級革命文學在 1928 年被作為口號提出而且形成運動，這是作家們接受國內大革命浪潮和國際左翼文藝思想影響的結果。一部分作家開始自覺地把文學作為無產階級革命鬥爭的武器，使小說的題材、主題都發生重大的變化。革命鬥爭生活和革命工農形象開始進入小說創作。作品中的戰鬥意識明顯加強。但「左傾幼稚病」也嚴重侵襲着這個運動。表現在創作上，把浪漫主義等同於唯心主義和沒落階級意識而做了全盤否定；對

現實主義又加以種種庸俗化、簡單化的理解（如強調必須寫出「集體的羣象」之類）；加上作者本身存在的濃重小資產階級意識，這就導致了忽視文藝特徵的「辯證唯物論的創作方法」和創作中「革命加戀愛」的公式化傾向的流行。初期無產階級革命文學的這些功績和弱點，在以蔣光慈為代表的後期創造社和太陽社的小說中得到了明顯的反映。

1930年，中國左翼作家聯盟的成立促進了小說創作的發展。這個時期的作品，無論在反映現實的深度、廣度與藝術本身的成熟程度上都有新的進展，中長篇小說尤其獲得豐收。代替「五四」以後男女平等、父子衝突、人格獨立、婚姻自由等反封建題材為主題的，是城市階級鬥爭與農村革命運動的描畫。不少作者力圖應用馬克思主義文藝理論來指導創作實踐，既克服「革命的浪漫蒂克」、「用小說體裁演繹政治綱領」等不正確傾向，也注意防止單純「寫身邊瑣事」的偏向。丁玲、張天翼、柔石、胡也頻、魏金枝等給文壇帶來了新鮮氣息的作者，正是在這種情況下受到了重視。左翼作家參與或親歷實際革命鬥爭，使創作面貌繼續有所變化；再現生活的歷史性、具體性既有增進（包括《咆哮了的土

地》這類小說），革命樂觀主義精神在有些青年作家（如葉紫、東平）的作品中也得到發揚。茅盾的《子夜》以民族資本家吳蓀甫形象為中心，在較大規模上真實地描畫出 20 世紀 30 年代初期上海的社會面貌，準確地剖析了中國社會的性質，這是作者運用革命現實主義方法再現生活的出色成果。《子夜》的成功，開闢了用科學世界觀剖析社會現實的新的創作道路，對吳組緗、沙汀、艾蕪等創作的發展和一個新的小說流派 —— 社會剖析派的形成起了重要的推動作用。魯迅也在《理水》、《非攻》等作品中，用新的方法塑造了「中國的脊樑」式的英雄形象，顯示了對革命前途的樂觀與信念。在「左聯」的關懷、幫助下，湧現了蔣牧良、周文、蕭軍、蕭紅、舒群、端木蕻良、歐陽山、草明、蘆焚、黑丁、荒煤、奚如、彭柏山等一大批新的小說作者。儘管左翼小說創作也還摻雜着某些舊現實主義乃至自然主義的因素，塑造革命者和工農形象時較普遍地存在蒼白、不夠真實等缺點，總的來說，卻還是向着社會主義現實主義前進了一大步。「左聯」以外的進步作家，也因為堅持現實主義道路，在小說創作上做出了重要的貢獻：巴金的《家》通過封建大家庭的沒落崩潰與青年一代的覺醒成長，在

相當寬廣的背景上表現了「五四」以後時代潮流的激蕩；老舍的《駱駝祥子》描述了勤勞本分的人力車夫祥子從奮鬥、掙扎到毀滅的悲劇性一生，對舊社會、舊制度做出深沉有力的控訴；它們與《子夜》等左翼作品一起，將中國長篇小說藝術提高到一個新的水平。此外，還出現了像葉紹鈞的《倪煥之》，李劼人的《死水微瀾》、《暴風雨前》，王統照的《山雨》，魯彥的《憤怒的鄉村》以及羅淑的《生人妻》等一批相當重要的長短篇作品。20 世紀 30 年代的京派作家如沈從文、廢名、凌叔華、蕭乾等，也寫出了一些內容恬淡、各具特色的小說，像沈從文的中篇《邊城》、長篇《長河》，則是藝術上相當圓熟的作品。在上海，以施蟄存主編的《現代》雜誌為中心，還聚集着杜衡、穆時英、劉吶鷗、葉靈鳳等一批作家；他們中，有的從事着現實主義的小說創作，有的則以日本新感覺派或歐美其他現代派小說為楷模，嘗試着現代主義的創作道路，其中一部分作品在運用快速的節奏以表現現代都市生活，探索現代心理分析方法，吸取意識流手法以豐富小說技巧等方面，起了一定的開拓作用。

新文學第二個十年小說創作的這種局面，到抗日戰爭爆發後為之一變。

抗戰爆發後小說創作的面貌 抗戰的炮火激發了廣大作家的創作熱情。許多作品迅速反映生活，歌頌前線和後方的新人新事。小說創作在現實主義基礎上明顯地增長了浪漫主義的成分；形式上則趨於通俗，趨於大眾化。姚雪垠就是這方面有成就的代表。他的短篇《差半車麥秸》、中篇《牛全德和紅蘿蔔》，都以生動地刻畫農民戰士的性格和成功地運用羣眾口語而為人稱道。長篇如吳組緗的《鴨嘴澇》、齊同的《新生代》，也都寫出了新的性格，主人公在民族危難關頭突破重重阻力而成長。但抗戰初期小說創作的普遍弱點，是對生活的反映比較表面，流於浮泛。正是在這種情勢下，《七月》雜誌上丘東平的《一個連長的戰鬥遭遇》等小說，就以有血有肉的戰鬥生活、熱情而深沉的藝術風格，顯示出可貴的特色。稍後出現的路翎，也是七月派的小說作家。從《飢餓的郭素娥》到《財主底兒女們》，同樣表現了他對現實主義藝術的獨到的追求。這些作品有內在的熱情，有心理現實主義的某些特點，在表現倔強的人物性格、真實的生活邏輯方面都有頗為深刻之處。但七月派小說家筆下的人物，常常倔強而近於瘋狂和痙攣，具有某種歇斯底里的成分。這和他們對生活的觀察、體驗帶有過

多的主觀色彩有關。七月派作家是既強調現實主義，又強調主觀戰鬥精神的，他們的小說創作的長處和弱點，似乎都可以從這方面去尋找原因，做出解釋。

隨着抗戰進入相持階段，國民黨統治的黑暗、腐朽、反動本質暴露得愈益充分，國民黨統治區的小說也愈益向着深入揭露陰暗面方面發展。從張天翼的《華威先生》到沙汀的《淘金記》、茅盾的《腐蝕》、巴金的《寒夜》，便是這類作品中的傑出代表。由「皖南事變」以後環境黑暗所帶來的沉重氣氛，卻也在一部分小說中留下了較深的烙印（如夏衍的《春寒》、沙汀的《困獸記》等）。到1944年民主運動高漲後國民黨統治區產生的一些作品，像張恨水的《八十一夢》、沙汀的《還鄉記》、艾蕪的《山野》、黃谷柳的《蝦球傳》，在暴露諷刺方面則已具有直接痛快、淋漓盡致的特點。有的並顯示着人民鬥爭終將勝利的曙光。戰後出版的長篇，如錢鍾書的《圍城》、姚雪垠的《長夜》，或寫抗戰以來的現實，或寫20世紀20年代的歷史，都以獨特的藝術成就，贏得了讀者的喜愛。老舍的《四世同堂》，則以百萬字篇幅的宏大規模，反映了淪陷後北平市民的苦難和抗爭，不僅成為以藝術方式記載的日寇、漢奸的罪行錄，而且也是中

華民族不屈鬥爭的正氣歌。短篇小說方面，沙汀、艾蕪的一些作品，無論思想與藝術，都達到了很高的成就，標誌着國民黨統治區革命現實主義小說的進一步成熟。此外，國民黨統治區和上海淪陷區這個時期也曾出現過一些新的小說作者，如駱賓基、于逢、王西彥、碧野、郁茹、張愛玲、汪曾祺等，他們的一些有特色的作品，也都曾引起文藝界的注意。這時的國民黨統治區也存在過另一種創作傾向，代表作家是《鬼戀》、《風蕭蕭》的作者徐訏，《北極風情畫》、《野獸、野獸、野獸》的作者無名氏。他們的小說並無充實的生活基礎，卻以編織浪漫故事、抒發人生哲理見其特色，具有較重的感傷情調。作品政治上抗日愛國，藝術上也頗有某些可取之處。

在抗日民主根據地和後來的解放區，由於作家同人民羣眾的逐步結合，小說創作的面貌發生了巨大的變化，從思想感情到語言形式都大大羣眾化了，工農兵羣眾特別是他們中間成長起來的新人，開始成為作品中的主要人物，並且達到了前所未有的真實程度，根本扭轉了過去那種「衣服是勞動人民，面孔卻是小資產階級知識分子」的狀況。還出現了一批用傳統的章回體寫法表現新生活內容的比較成功的長篇（如《呂梁英雄傳》、《新

兒女英雄傳》等）。延安文藝座談會後，短短七八年內，不僅有柳青、孫犁、康濯、秦兆陽、馬烽、西戎、束為、馬加、王希堅等一批新的小說作者雨後春筍般成長起來，而且還湧現了《太陽照在桑乾河上》、《暴風驟雨》、《高幹大》、《種穀記》、《原動力》等一批優秀或比較優秀的長篇。趙樹理更是解放區小說作家的突出代表。他的《小二黑結婚》、《李有才板話》、《李家莊的變遷》等作品，不僅語言形式羣眾化，而且感情內容也浸透着來自農民的樸實、親切、幽默、樂觀的氣息，讀後使人耳目為之一新。孫犁、康濯等人的短篇小說，則洋溢着真正從羣眾生活和鬥爭中得來的詩情畫意。他們的小說為後來的一些創作流派開了先河。在反映革命部隊的戰鬥生活方面，劉白羽等的中短篇小說，也都取得了顯著的成績。從某種意義上說，延安文藝座談會後解放區文學的實踐，確實可以稱得上是繼「五四」文學革命之後的又一次深刻的變革，為小說創作的民族化、羣眾化開闢了一個嶄新的階段。

解放區文學主要是在農村環境中發展起來的。在強調向農民學習，與農民結合，因而取得出色的成就的同時，卻也產生了對小生產思想的落後消極方面放鬆警惕

的缺點。對丁玲小說《在醫院中》的不正確批評，就是在這種情況下發生的。解放區一些小說的另一個弱點，是對外國文學借鑒得少。作家在羣眾中扎根深了，但來不及從更廣闊的範圍吸取豐富的營養。這種局限同延安文藝座談會後時間很短，又處於緊迫的戰爭環境，很多作者原有的文化程度不高等客觀因素都有關係，但同主觀認識上的某些偏差也有一定聯繫。正是主觀認識上的某些片面性，使我們的文學在中華人民共和國成立後逐漸突破上述局限時，仍不免走着曲折的道路。

50 年代小說創作的進展與豐收　中華人民共和國的成立，宣告了新民主主義革命階段結束和社會主義時期開始。這個重大的歷史性轉變，使現代小說獲得了新的生活土壤與發展條件。新中國的小說作者，大多經歷過新民主主義革命鬥爭生活的冶煉，他們是帶着深厚的生活根基、與革命潮流的緊密聯繫以及對現實變化的敏銳感應跨進共和國的文壇的。這就使新中國成立後的小說創作從一開始就與「五四」以來，特別是延安文藝座談會以來革命文學的戰鬥傳統保持着血緣的關係。

　　中華人民共和國成立初期，首先出現的是一批創作在歷史的黑夜與黎明交替時刻的作品。劉白羽的中篇

《火光在前》、馬加的中篇《開不敗的花朵》、柳青的長篇《銅牆鐵壁》，都真實記錄了中國共產黨領導下的武裝隊伍和人民羣眾最後摧毀舊制度、迎接新制度的鬥爭。楊朔的長篇《三千里江山》，則迅速反映了中國人民在獲得政權以後，為保家衛國而進行的抗美援朝戰爭。表現革命戰爭題材而更能顯示特色的，是稍後出現的一批長短篇小說。峻青的《黎明的河邊》、王願堅的《黨費》，通過艱苦年代嚴酷鬥爭的真實描寫，異常感人地讚頌了革命根據地人民的英雄氣概和獻身精神。杜鵬程的長篇《保衛延安》以宏大的藝術規模再現了延安保衛戰威武雄壯的歷史場面，成功地塑造了從連長周大勇、團政委李誠到高級指揮員彭德懷的形象，成為新中國成立後長篇創作的第一個重要收穫。這些作品都以悲壯激越的基調，激動着許多讀者。反映抗美援朝的一些短篇，如巴金的《黃文元同志》，和谷岩的《楓》，路翎的《初雪》、《窪地上的「戰役」》等，或熱情奔放，或筆觸細膩，也都顯示了各自不同的風格特色。

描繪農村現實生活的短篇小說，也給新中國成立初期的文壇帶來了新鮮氣息。趙樹理的《登記》、谷峪的《新事新辦》，都表現了農民羣眾在砸碎封建政治枷鎖以

後進一步掙脫封建主義精神束縛的鬥爭；馬烽的《結婚》等短篇，則反映了農村新人新品質的成長。這些作品藝術筆調明朗，生活氣息濃郁，凝聚着作者長期與農民共命運所獲得的珍貴情感。隨着農業互助合作運動的逐步展開，反映農村生活的巨變，成為小說創作的重要主題。青年作家李準的短篇《不能走那條路》，便是敏銳地觸及土地改革後土地私有制尚未根除而產生的新矛盾的第一篇作品。趙樹理的長篇《三里灣》，通過更為複雜的生活內容，展示了這種矛盾的各個側面。孫犁的中篇《鐵木前傳》，藝術觸角伸延到解放前後兩個時代，以兩戶農家關係的演變，透露了土地改革後農民出現分化的資訊。秦兆陽的《農村散記》、康濯的《春種秋收》兩集中的短篇小說，則以清新的筆調和精美的構思着重反映農村變革中農民羣眾的思想波瀾和生活變化。在這股創作潮流中貢獻了有特色的作品的，還有陳登科、劉澍德、駱賓基、王希堅、吉學霈、劉紹棠等一大批作家，他們忠於革命現實主義原則，從各自的生活視角真實描畫了 20 世紀 50 年代前期中國農村社會的種種風貌。瑪拉沁夫、李喬、明斯克、阿・敖德斯爾等少數民族第一代小說家，或描繪內蒙古草原上驚心動魄的鬥爭，或抒

寫西南彝區人民的苦難與歡樂，也都獲得了令人矚目的成就。

革命重點從農村向城市的轉變，大規模工業建設的展開，要求小說創作開拓新的題材領域，尋求新的審美主題和新的表現角度。《鐵水奔流》等一批工業題材長篇的出現，便顯示了作家們的這種努力。但從思想藝術品質上說，這些作品只能算作對工人生活的初步涉足，尚未稱得上是成功的嘗試。生活美的開掘和藝術美的探索，都需要一個積累的過程。到 50 年代中期起，才出現有成就的工業題材小說。艾蕪短篇集《夜歸》中的一些篇什，通過獨到的藝術構思，從細微處揭示工人階級作為國家主人的美好心靈，具有濃郁的詩的氣氛。長篇《百煉成鋼》也擺脫了以往同類題材作品那種枯燥、刻板的弊病，正面表現了鋼鐵戰線的沸騰生活，塑造了先進工人的真實形象。杜鵬程的中篇《在和平的日子裏》則頗有深度地表現了鐵路建設工地上的矛盾鬥爭，顯示了詩的激情與哲理思考相結合的獨特風格。草明、雷加等作家，也一直不倦地探索着工業題材小說的創作。這些作品在現代小說發展史上具有較大的開拓意義。

從 20 世紀 50 年代初期到中期，小說創作獲得了穩

步的發展。這段時間，國家經濟、政治生活日趨穩定，文藝界藝術民主氣氛比較正常，特別是中國第二次文學藝術工作者代表大會後，總結了前階段文藝工作的經驗教訓，探討了創作上存在公式化、概念化的因由，對社會主義現實主義的一些原則問題，取得了較為辯證的全面的認識。當時蘇聯文藝界對「無衝突論」、對典型問題上教條主義觀點的衝擊，也直接促進了中國小說創作隊伍思想的活躍。作家對新生活的觀察和認識逐漸深化，過去的生活積累也有了較長時間的消化過程。對中外作品的借鑒又從藝術修養上為創作做了較多的準備。在此基礎上，許多作家開始醞釀長篇巨制。到 50 年代後期，中國文壇終於迎來了新中國成立以來長篇小說的第一次豐收。

這次豐收所湧現的一大批長篇作品，在現代小説發展過程中佔有重要的地位，也是顯示新中國成立後整個文學水平的重要標誌。

追求概括生活的廣度和深度，是這批長篇創作的一個顯著特點。這在革命歷史題材的創作中尤其得到了集中的體現。梁斌的《紅旗譜》、歐陽山的《三家巷》、楊沫的《青春之歌》、高雲覽的《小城春秋》、馮德英的《苦

菜花》、吳強的《紅日》、曲波的《林海雪原》、羅廣斌、楊益言的《紅岩》等，組成了一幅幅巨大的歷史畫卷，鮮明生動地展現了半個世紀以來中國人民在中國共產黨領導下所進行的艱苦卓絕的鬥爭。這批作品在深刻表現歷史內容、展示鬥爭複雜過程方面，較之過去創作有重大突破，而在現實基礎上昇華起來的革命理想激情，也給作品增添了明朗、熱烈的色彩，為豐富中國小說的革命現實主義傳統提供了新鮮經驗。李劼人的《大波》（修改本）、李六如的《六十年的變遷》，用精細而又恢宏的現實主義筆法，真實地再現了清末以來的社會面貌；它們的出現，使長篇小說展現的歷史畫卷向上延伸到舊民主主義革命時期。這些小說的作者，幾乎都是當年革命鬥爭的親身經歷者或目擊者，他們筆端留下的歷史生活圖畫，在小說史上具有不可替代的意義。

以社會主義時期現實生活為題材的作品，在表現生活的廣闊性和縱深感方面，也有長足進展。柳青的《創業史》和周立波的《山鄉巨變》，是描寫農村互助合作運動的著名長篇。前者通過梁三老漢、梁生寶兩代農民不同的創業命運，揭示出中國農民走社會主義集體化道路是歷史的必然；後者側重於剖析農村生產關係變革過程

中人們精神世界的細微而深刻的變化。反映中國民族資產階級在社會主義條件下的階級命運和生活動向的《上海的早晨》，是作家周而復的一部長篇巨著，它對具有中國特色的都市生活所作的藝術概括，曾引起國內外讀者的興趣。

這個時期，許多小說家經過較長時間的藝術實踐，在現實主義的道路上發展着自己的獨特風格，並形成若干新的創作流派。趙樹理嫻熟地運用中國古典小說和民間文藝的傳統手法，生動樸素、惟妙惟肖地表現了山西一帶新農村的社會情緒和農民心理，早已在小說領域中獨樹一幟。在他的藝術作風影響下，產生了馬烽、西戎、孫謙等思想傾向、藝術見解、創作風格相近的作家羣，被人稱作「山西派」或「山藥蛋派」。孫犁那意境悠遠、韻味無窮的荷花淀風格，給他筆下的現實生活圖畫，添上淡淡的浪漫主義氣息，這種獨具特色的藝術經驗，也為一些青年作者所效法。柳青在對現實冷靜、客觀的描繪中，糅進了哲理的議論和感情的抒發，使精確的畫面透露出渾厚激越的氣勢。他對於廣闊的社會場景的多方面的概括，對於生活內涵的深入發掘，一直到他的夾敍夾議的語言，都在隨後出現的若干青年作家的小

說中，留下鮮明的投影。周立波追求的則是一種秀樸而明麗的風格，他常常把自己的感情傾向熔鑄到山鄉風情和自然景色的細膩而又酣暢的表現中，讓人們在詩情畫意的藝術氛圍裏領略新生活的美；從他的短篇《山那面人家》、《禾場上》到謝璞的短篇《二月蘭》等，可以感受到湖南一些作家的共同藝術追求。一批在中華人民共和國成立後成長起來的小說家，如杜鵬程、李準以及寫了《高高的白楊樹》、《百合花》、《靜靜的產院裏》的茹志鵑，寫了《大木匠》、《沙灘上》的王汶石等，都在追求着自己鮮明的藝術個性。所有這些，都標誌着新中國成立後小說藝術的逐漸趨於成熟。

50 年代末到 80 年代小說創作的曲折道路 由於社會政治思潮的影響，20 世紀 50 年代後期到 60 年代中期，小說的發展有過較大的曲折。1956 年前後，小說領域曾出現過以王蒙的《組織部新來的青年人》為代表的一批「干預生活」的短篇，它們大膽觸及現實的各種矛盾，尖銳揭露社會生活的一些弊端，這批作品既是當時國內外文藝界反對「無衝突論」創作思潮的直接產物，也是當代小說家希冀於小說的社會功能獲得更大發揮的一次勇敢嘗試。但因當時環境所圍，這個創作潮流

剛露端倪就被人為地宣告結束。隨着對「現實主義——廣闊的道路」論、「現實主義深化」論、「寫中間人物」論的責難，代之而起的是一股粉飾現實、以虛假現實主義冒充革命現實主義的創作浪潮。不過，在這股思潮氾濫時，不少有膽識的小說家仍有好作品問世。趙樹理的《鍛煉鍛煉》、《套不住的手》、馬烽的《三年早知道》、劉澍德的《甸海春秋》、西戎的《賴大嫂》等短篇，都是堅持革命現實主義精神、真實揭示生活矛盾的好作品。一些作家把筆鋒轉向歷史，寫出《陶淵明寫挽歌》（陳翔鶴）、《杜子美還家》（黃秋耘）等短篇，以歷史的鏡子映照現實，這是小說家們在特殊環境中堅持現實主義精神的曲折表現。李準的《李雙雙小傳》、王汶石的《新結識的夥伴》，雖以「大躍進」為背景，但立意不在歌頌浮誇作風，而着力於塑造農村新人富有鮮明個性特徵的性格，至今仍保持一定的藝術魅力；至於真實刻畫了土生土長的好幹部形象的《延安人》（杜鵬程）、《我的第一個上級》（馬烽）等短篇，更是具有較大感染力量的優秀作品。

　　1962年以後，小說創作的興旺局面開始冷落，其間雖有姚雪垠的優秀長篇歷史小說《李自成》第一卷問世，

但其他好作品不多。浩然的《豔陽天》和陳登科的《風雷》反映農村生活，藝術上有可取之處，內容上卻明顯留下階段鬥爭擴大化思潮的痕跡。

「文化大革命」中，小說的正常創作活動受到江青反革命集團的壓制，而一批反現實主義作品則在唯心主義思潮下應運而生。以《序曲》為結集的一批短篇，就是突出代表。

1976年10月，中國歷史出現了新的轉折，社會政治動亂開始平復，隨着思想路線逐步端正，中國進入了社會主義建設的新時期。文學事業又呈現出生機勃勃的趨勢，小說創作更是盛況空前。作為中國社會由大動盪走向大整治、大改革的歷史過程的生動反映，這時期的小說創作具有幾個鮮明特點。

一是恢復和發展了「五四」以來的革命現實主義傳統，並不斷走向深化。社會政治生活中唯物主義路線的恢復，馬克思主義思想解放運動的開展，使小說家們精神上獲得一次大解放，他們敢於面對現實的人生，正視生活中普遍關心的矛盾，提出自己積極的思考。進入新時期的頭兩三年，從劉心武的《班主任》開始，出現了一批曾被稱為「傷痕文學」的短篇小說，它們第一次把

林彪、「四人幫」倒行逆施所造成的慘痛展現在讀者面前，在社會上產生了強烈反響。還有一批作品，如高曉聲的《李順大造屋》、茹志鵑的《剪輯錯了的故事》、魯彥周的《天雲山傳奇》、張一弓的《犯人李銅鐘的故事》等，則是從歷史和現實的交錯表現中，着重探索新中國成立三十年來國家所走過的曲折道路和深刻教訓，進行歷史的反思。周克芹的《許茂和他的女兒們》、莫應豐的《將軍吟》，是反映「十年動亂」生活最有影響的長篇，它們不僅深刻地揭示了這場動亂所造成的歷史倒退，更着力於表現人民羣眾對社會主義光明的強烈渴求。這幾年繼姚雪垠《李自成》第二卷後所湧現的《星星草》、《金甌缺》、《風蕭蕭》等一大批歷史小說，也有一個共同的鮮明特徵：從歷史的真實發展中探求深刻的生活哲理，以喚起當代讀者感情的共鳴。進入 20 世紀 80 年代以來，作家的筆鋒逐漸轉向了正在發展中的當前現實。從各個不同角度反映朝着社會主義現代化目標前進的生活巨流，有力揭示社會大變革時期的各種矛盾，塑造改革者或當代新人的形象。蔣子龍的短篇《喬廠長上任記》是引起社會矚目的第一篇作品。陸續出現的還有高曉聲的《陳奐生上城》、水運憲的《禍起蕭牆》、張潔的《沉

重的翅膀》、李國文的《花園街五號》等。一批以 20 世紀 70 年代末期中越邊境自衛反擊戰和當時軍隊生活為題材的中短篇小說，在揭示部隊生活矛盾、塑造當代軍人形象方面也有明顯突破，像徐懷中的《西線軼事》、李存葆的《高山下的花環》，就是具有鮮明時代特色的佳作。

二是描寫普通人的命運，表現和歌頌無產階級、勞動人民的人情美、人性美。這也是近幾年小說創作所普遍關心的問題。其中出現了諶容的中篇《人到中年》、古華的長篇《芙蓉鎮》等優秀作品。這類作品的一個共同特點是將普通人的命運與時代命運緊緊交織，透過人的命運去窺視時代風雲和社會人生。

從對普通人的命運的真實描寫到對人生意義的深沉思索，是這類題材創作的一個重要進展。韋君宜的中篇《洗禮》、路遙的中篇《人生》等，都凝聚着小說家們對人的社會價值和人生意義的深刻思考。在表現這類生活內容的創作中，也有曲折。一些青年作者由於思想功力的欠缺，在複雜生活面前感到迷惘，無法正確把握社會矛盾的本質所在和它的必然趨向，因而產生了一些藝術上雖有特色而思想傾向上有明顯失誤的作品。這也是除

舊佈新年代的一種值得注意的創作現象。

三是創作樣式的交疊變化和藝術手法的大膽革新。從小說樣式方面來看，新時期的頭幾年，短篇小說非常活躍。到 80 年代，中篇小說異軍突起，以大批優秀作品佔領文壇，僅 1981—1982 年就湧現了 1,100 多部作品，這是現代小說史上從未有過的現象。長篇小說自 1977—1982 年六年時間湧現了 500 多部作品，數量可觀，但從創作勢頭看，尚處於方興未艾的狀態。

這時期小說的藝術風格與表現手法，顯得異常豐富多彩，探索的道路也更加寬闊。一些致力於小說民族化的作家，在對傳統小說藝術經驗吸取的同時，更注重於民族感情的熔鑄。李準的長篇《黃河東流去》、葉蔚林的中篇《在沒有航標的河道上》、劉紹棠的中篇《蒲柳人家》是這方面較早出現的佳作。對西方現代派小說藝術手法的吸取，是這時期小說形式革新的一個突出方面。以意識流作為結構作品的手法，多視點、多角度、多層次揭示人物精神生活的手法，在創作中得到比較廣泛的運用。走在這種探索前面的作家是王蒙，他的中篇《蝴蝶》、短篇《春之聲》，獲得社會首肯。李國文在長篇革新方面也邁開了第一步，《冬天裏的春天》是一個可喜的成果。

走出百慕大三角區

——談 20 世紀文藝批評的一點教訓

　　據說，世界上有個神秘而危險的區域，叫作「百慕大三角區」，一進入這個區域，輪船沉沒，飛機失事，人員失蹤，無一倖免。

　　文藝批評上彷彿也有一個神秘的「百慕大三角區」，進入這個區域，一些很有經驗、很有貢獻的文藝批評家，也難免背時出事。20 世紀以來，至少是「五四」以來，在這個危險區域，已經沉沒了多少批評家！這個區域，我稱之為「異元批評區」或「跨元批評區」。

　　所謂「異元批評」或「跨元批評」，就是在不同質、不同元的文學作品之間，硬要用某元做固定不變的標準去評判，從而否定一批可能相當出色的作品的存在價值。譬如說，用現實主義標準去衡量現代主義作品或浪漫主義作品，用現代主義標準去衡量現實主義作品或浪漫主義作品，用浪漫主義標準去衡量現實主義作品或現代主義作品，如此等等。這是一種使批評標準與批評物件完全脫節的、牛頭不對馬嘴式的批評，猶如論斤稱布、以尺量米一樣荒唐。可惜，20 世紀以來，我們不

少人恰恰在進行着這類批評，多少筆墨就耗費在這類爭論上。

謂予不信，請看事實。

「五四」時期，郭沫若受佛洛伊德學説影響，寫了一篇小説叫作《殘春》，描寫「潛在意識的一種流動」。這也許是中國最早的意識流小説之一，它本是一種實驗，一種新的探索與創造。但是，有一位攝生先生，在 1922 年 10 月 12 日《時事新報・學燈》上發表文章，用傳統的情節、高潮之類小説審美要素給以批評，認為《殘春》「平淡無奇……沒有 Climax（頂點）……」在這場爭論中，成仿吾站出來保護了郭沫若所做的探索。他用現代主義批評標準衡量郭的現代主義作品，正確地闡明了作者的寫作意圖。

然而，同一個成仿吾，在評論魯迅小説集《吶喊》時卻失足了、沉沒了。他把《吶喊》裏絕大多數作品，都稱為「庸俗的自然主義」——意即模仿生活而無創造性的小説，只稱讚了一篇運用佛洛伊德學説寫成的《不周山》。魯迅後來再版《吶喊》時，忍不住「回敬了當頭一棒」：寧可將《不周山》抽去，使《吶喊》成為一無可看的「只剩着『庸俗』的跋扈」的書。成仿吾之所以會

犯這樣的錯誤，就因為他在進行異元批評：用現代主義的標準去評論魯迅那些基本上是現實主義的作品。這一錯誤的性質，與攝生用傳統標準評論郭沫若現代主義的《殘春》是完全一樣的。

以後，這種錯誤在文學評論界仍繼續着。突出的例子，是有些左翼評論家對茅盾作品以及胡風、路翎等七月派作家，對沙汀作品（特別是《淘金記》）的評論。他們都把茅盾、沙汀等社會剖析派作家的小説指責為客觀主義。20 世紀 30 年代，當《春蠶》等小説發表時，有位署名鳳吾的批評家就責備茅盾採取「超階級的純客觀主義的態度」。抗戰期間，胡風、路翎（冰菱）、季紅木等又在〈關於創作發展的二三感想〉、〈現實主義在今天〉以及對《淘金記》、《替身》的書評中，一再指名或不指名地批評沙汀的小説具有「客觀主義的傾向」或「典型的客觀主義」，缺少革命熱情，只是靜觀，「不能給你關於那個高度的強烈的人生的任何暗示」。其實，無論是茅盾的《子夜》、《春蠶》、《林家鋪子》，還是沙汀的《淘金記》、《替身》，都不存在客觀主義的毛病。理由很簡單：這些作品都有鮮明的傾向性，它們只是用了客觀的描寫手法，使傾向從場面、情節中自然流露出來而已。七月派作家卻容不得社

會剖析派作家這種客觀性的描寫，硬要用本流派的審美標準去要求其他流派的作品。七月派是以強調作者主觀戰鬥精神、強調作者的體驗和感情色彩、強調敍述而輕視描寫（受盧卡契影響）著稱的，他們由此形成了一種特殊色調的現實主義——我稱之為「體驗的現實主義」，這確是他們的貢獻。然而，他們因此以為現實主義只應有這一種形態——「只此一家，別無分店」，以為自己有權力壟斷現實主義（至今還有人仍堅持此類做法），這卻是大錯特錯的事。事實上，現實主義文學可以有多種形態：七月派的小說是一種現實主義，社會剖析派的小說同樣是一種現實主義，它們應該互相競賽，互相取長補短，而不應該你死我活，互相排斥。

如果說胡風等七月派作家對社會剖析派作品的評論表現了審美觀點上的狹隘性，那麼，20世紀50年代一些人批判胡風、路翎等人時，又重蹈了七月派的覆轍。他們根據自己機械論的理解牽強地把胡風及其周圍這個流派的文藝思想、創作特徵概括為「主觀唯心主義」（更不用說所加的政治帽子）。這又一次變本加厲地把自己的標準——而且是不恰當的標準和結論，強加到了對方頭上。

也許由於歷史運動的慣性作用吧，這類異元批評或

跨元批評的現象，在 1978 年以後的歷史新時期，仍然不見減少。前幾年在那場現實主義還是現代主義的爭論中，事情大有越發猛烈之勢：主張現實主義的人容不得現代主義，主張現代主義的人容不得現實主義，雙方都想用自己的標準把對方批倒，置之死地而後快。此事顯而易見，不提也罷。我們不妨再舉最近一兩年的事情做例子。

前年開始的姚雪垠與劉再復的論爭，曾引起人們廣泛的關注。關於這場爭論的是非曲直，我並無能力做出判斷。我只感到在姚雪垠同志對劉再復同志〈論文學的主體性〉的批評中，似乎也包含着某些屬於異元批評的問題。劉再復同志〈論文學的主體性〉，在我看來，依據的不僅是傳統的現實主義理論，也吸收並體現了現代主義文學、浪漫主義文學的某些要求。他把文學主體性的作用，提升到這樣重要的高度，以至於不無某種詩人氣質在內，這些都不是單純用現實主義理論所能解釋得了的。如果運用寬廣的而不是狹義的馬克思主義反映論，劉再復這些論點有可能得到理解和認可。可惜，姚雪垠同志從自己現實主義的某種創作經驗出發，得出了劉再復宣揚「主觀唯心主義」和「基本上背離了馬克思主義」的嚴重結論。姚雪垠同志說：「我從事文學創作實踐活

動數十年，像劉再復同志所説的（作者）對人物無能為力、任人物自由活動的奇妙現象，一次也沒有遇到過。我也沒有聽説『五四』以來任何有成就的作家有過這種現象。誰能夠從我們大家熟知的作家的創作活動中舉出一個實例麼？」其實，例子是可以舉出的。曹禺早年在《雷雨‧序》中談到《雷雨》怎樣創作出來時，就曾回答：「連我自己也莫名其妙」；談到周繁漪這個人物時，也説：「劇本裏的她與我原來的企圖，有一種不可相信的參差。」可見，作家「對人物無能為力」的情況，有時確實存在，不宜一概認為荒唐。創作實踐有多種多樣的複雜狀況。「五四」時期的郭沫若，按照他自己在《創造十年》中的説法，就「全憑直覺來自行創作」，而且「每每有詩興發作襲來就好像生了熱病一樣，使我作寒作冷」。我們充分尊重姚雪垠同志創作上的重大成就和豐富經驗。但個人經驗再豐富，畢竟有限制，要取代千差萬別的創作情況是很難的。以創作過程中直覺與非理性的作用而論，情況就複雜得很，有些作家身上完全不存在，有些作家卻親身經驗過。姚雪垠同志對創作過程的正面論述頗有明快精到之處，但由於對現實主義之外的現代主義、浪漫主義和現實主義內部的多種不同流派均

缺少考慮，他的論述無意中跨入了異元批評或跨元批評的區域，這是值得注意和警惕的。

我還想舉 1988 年發表的〈論丁玲的小說創作〉[1] 一文為例。這是一篇寫得頗有才氣、令人很感興趣的文章，它提出了考察丁玲小說的一個新的角度 —— 自我表現。文章作者認為：《莎菲女士的日記》等丁玲早年作品之所以引起轟動，就在於勇敢的自我表現。後來，丁玲脫離了這條「自我體驗與自我分析」的道路，客觀環境也不許她走這一條道路，自我被逐出了作品世界，於是她的創作就失敗了。文章確實能啟發人們去思考。然而，使人產生疑問的是：小說作品為什麼必須以自我表現作為考核的唯一標準？將文學批評定點定位在自我表現上，究竟是否科學？眾所周知，小說作品類型極多：有自我表現、有客觀再現、有心理分析、有社會剖析、有自傳性的、有社會性的、有意識流的、有抒情型的、有荒誕型的……如此等等，先入為主地確定一個自我表現的標準，不分青紅皂白地用它來衡量一切作品，這豈不又是一種異元批評嗎？其結果，豈不等於讓滔天洪水只通過一個

1　見《上海文論》1988 年第 5 期。

極狹窄的通道，怎不帶來難以想像的危險後果呢？

　　20世紀文學的一個根本特徵就是多元並存，誰也統一不了誰。魯迅之所以了不起，就在於他開闢的文學道路是多元化的，極其寬廣，幾乎19—20世紀所有的西方文學成就他都容納，問題小說、鄉土文學、心理小說、荒誕小說他都做過嘗試，現實主義、浪漫主義、象徵主義他都做過吸收。這就形成了魯迅的博大豐富。周作人也同樣是非常寬廣多樣的：最初他提倡「人的文學」、「平民文學」、「問題小說」，而當「問題小說」走上概念化的道路，發展到有問題無小說的時候，他又轉過來提倡文學扎根泥土，提倡鄉土文學。當郁達夫的《沉淪》受到道學家、准道學家們嚴厲攻擊時，他又引用佛洛伊德主義者莫台耳（Mordell）的話來保衛《沉淪》。他還介紹過藹理斯，宣導過「抒情詩的小說」……周作人的文學理論對「五四」時期現實主義、浪漫主義乃至現代主義的發展都起過巨大的作用。魯迅和周作人都真正體現着20世紀的文學精神。而異元批評或跨元批評的致命錯誤，正在於它忘記了時代，逆世紀精神的潮流而動。文學藝術最容不得刻板簡單和整齊劃一，最需要保證個人有不同愛好的權利。先哲有言：「你們並不要

求玫瑰花和紫羅蘭發出同樣的芳香，那你們為什麼卻要求世界上最豐富的東西——精神只能有一種存在形式呢？」異元批評恰恰強調地要求文學這「世界上最豐富的東西」「只能有一種存在形式」。

文藝批評意味着可能排他，但又不該走向專制。文藝批評需要自由閱讀基礎上的理解，需要設身處地想一想——尤其在涉及那些與批評者主觀愛好不相同的創作方法、不相同的創作流派時。為了避免被狹隘的審美見解所牽引，批評者使用的標準也要適當：起碼應該寬容到能適應多元批評的程度。譬如說，要求作品首先應該是藝術品，能感染人，這就是一個相當寬泛的尺度，能適應各種流派的作品（有些作品像卡夫卡的《變形記》、《城堡》雖然以荒誕的形式寫成，但它們同樣具有較大的感染力，具有藝術魅力）。還可以要求作品必須在前人基礎上提供新的東西，等等。使用這類最寬容的尺度，就有可能容納各種不同的創作方法和不同的創作流派，儘可能做到公平適當。

走出異元批評這個危險區域，不但是必要的，而且是可能的——這就是 20 世紀文藝批評的一點經驗教訓。

文學思潮研究的二三感想 [1]

一

文學思潮是一個時代文學思想中十分活躍因而引人矚目的部分，集中代表着一個時代文學的某些突出方面。

在文學的實際發展中，思潮也許可算是個綱。將文學思潮真正研究清楚，會使文學史上很多問題迎刃而解。正因為這樣，河南大學劉增傑、劉思謙先生主編的多卷本《19—20世紀中國文學思潮史》的即將出版，引起人們的很大興趣。

當然，文學思潮這個綱並不容易把握，它隱蔽在許多文學現象的背後，滲透到許多方面，給文學思潮史的研究帶來較大困難。

理論、評論文章中體現的文學思潮，是直接的，容易見到的，也是比較表面的。大量的文學思潮，卻生動而豐富地體現在文學創作、文學流派以及文學論爭等文學現象中。因此，文學思潮史的研究，如果要做到立體

1 載《河南大學學報》1992年第5期。

而不平面、豐富而不乾癟，似乎應該從大量的文學現象入手，而不能只注意幾篇理論文章 —— 即使是很有代表性的重要文章。特別是文學流派，由於它涉及作家羣體的文學思想和審美趨向，更應該受到研究者的重視。聽說多卷本《19—20世紀中國文學思潮史》注意到了這些方面，委實令人高興。

二

我常常在想，「五四」後的文學思潮，較長時期以來恐怕是被簡化了的。如果認真、深入地去觸摸原始材料，我們就很有可能得出若干新的結論。

例如，從新文學第一個十年起，研究者們注意過「為人生的文學」這一思潮，也注意過「為藝術的文學」這一思潮，但對是否存在過「為生命的文學」這一思潮，則並未給予注意。事實上，中國傳統哲學中，2,000年前就有「天地之大德曰生」《易經‧繫辭》的思想。「五四」之前的《新青年》、《民鐸》等雜誌，就介紹和推崇過柏格森的生命哲學。泛神論在「五四」時期的流行，又促使文藝青年們發展着熱愛自然、熱愛生命的傾向，推進了生命哲學同文學的結合。創造社作家們

的文學創作，文學研究會成員王統照等人的文學創作，在他們標榜的本乎「內心要求」或「愛與美」的背後，不同程度地流動着「為生命的文學」的血液。郁達夫對勞倫斯作品的推崇，更清楚地代表着「五四」作家對這一思潮的吸收。到沈從文和京派作家們的筆下，這種「為生命的文學」的思潮達到了相當自覺甚至洶湧澎湃的程度。雖然有時這種思潮不一定以獨立的形態，而和「為人生」之類的思潮錯綜交結着表現出來，但現代文學史上存在着這種「為生命的文學」的思潮，則是確定無疑的了。

又如，「五四」時期有沒有表現主義的文學思潮？答案也應該是肯定的。創造社作家郭沫若、郁達夫都曾推崇過德國的表現主義文學，這是有許多篇理論文章可作證明的。他們還以一批作品，實踐着這種文學主張 —— 如郭沫若《女神》中的部分詩作，郁達夫的小說《青煙》、《十一月初三》等。不僅創造社的作品是這樣，連魯迅早年的小說，恐怕也並非沒有表現主義的成分。像《鑄劍》、《奔月》那類作品，不聯繫表現主義思潮，確實就不能得到合理的解釋。甚至連《阿 Q 正傳》，從主人公的名字，到白話中夾雜些文言的敍述筆調，都

有意要讓讀者和作品拉開距離，製造出一種陌生化的感覺：這些也決不是通常的寫實主義態度，而是和表現主義有着密切的關係。

總之，中國現代文學領域裏還有不少生荒地和熟荒地。如果我們辛勤開發，全面地佔有原始材料，敢於從歷史實際出發，就會通過新的研究，不斷獲取新的成果。

三

20世紀50年代中期起大陸出版的《中國現代文學史》著作，往往用許多筆墨來寫文學論爭。如果這些筆墨集中在論爭雙方的文學思想上，也許對說明中國現代文學思潮的發展不無裨益。可惜事情並不是這樣。

許多現代文學史著作大量寫的，實際上是政治思想鬥爭、哲學思想鬥爭和一般的思想鬥爭，如「問題與主義」之爭，與法西斯「民族主義文學」的鬥爭，對「戰國策」派的批判，對王實味等人的批判，對胡風、舒蕪「主觀論」的批判，與「民主個人主義者」的論爭，對蕭軍思想的批判，等等。且不說其中有冤案、錯案，即使從學科分類上看，有一部分也不屬於文學史的範圍。今天看來，對文學運動與文藝思想鬥爭的這些描述，很需要重

新清理一下，保留屬於文學本身的部分，而將非文學的部分另行處理。一般來說，描述政治思想鬥爭、哲學思想鬥爭，應屬於思想史的任務；而在文學史中，將這些只作為背景來寫，似乎比較妥善。文學史應該撰寫文學思想上的論爭，說明雙方各自在思潮上的來龍去脈，顯示文學本身的曲折發展。至於冤假錯案，更應該從歷史實際出發，實事求是地予以甄別、平反，從而揭示這些冤假錯案形成的歷史條件和思潮背景，有助於人們對真實的文學思潮史的更好理解。

四

在主義與文學的結合上，確實出現過這樣一種歷史現象：一些作家在接受馬克思主義之後，世界觀進步了，作品的藝術性卻後退了。這種現象不僅在延安文藝座談會以後存在，此前也早已出現。如 20 世紀 20 年代的台靜農，先寫了《地之子》集裏那些風俗畫般頗具魅力的短篇小說；到明確接受馬克思主義之後所寫的《建塔者》，革命感情鮮明了，人物形象卻單薄了，藝術魅力也因而減退。這種情況之所以造成，主要由於進步的思想來不及在生活實踐和藝術實踐中轉化為作者有血

有肉的切身體驗，並非由於主義與文學真有什麼勢不兩立、絕對排斥的關係。馬克思主義只要求作家從生活出發，真誠地寫出自己的體驗，並不要求作家去圖解某種主義。圖解主義本身就違反馬克思主義。同樣是左翼作家，同樣信奉馬克思主義，30年代的吳組緗從實際生活體驗出發，就寫出了《一千八百擔》、《樊家鋪》、《黃昏》等相當優秀的作品。延安文藝座談會後的孫犁、丁玲、周立波等也寫出了一批有真切感受、有藝術魅力的小說（雖然並不是沒有弱點）。如果以為主義與文學的結合必然構成陷阱，必然帶來圖解，這在文學思潮的研究上，實際上陷入了一個誤區。

五

研究中國近現代文學思潮史，我以為還有一個必不可少的條件，就是要同時細心地研究一點外國近代文學思潮。

一說左，就認為是蘇聯拉普的影響，這無疑過於簡單了。

事實上，比拉普更早的以波格丹諾夫為代表的無產階級文化派，對中國左翼文學的影響要更大一些，破壞

作用也更厲害一些。蔣光赤回國後表現出的那種罵倒一切的左，其源蓋出於波格丹諾夫。1928 年宣導革命文學時的左，很大一部分也來自無產階級文化派。而沈雁冰 1925 年發表的〈論無產階級藝術〉，也是根據波格丹諾夫〈無產階級藝術的批評〉一文編譯發揮而成的。可見，無產階級文化派的影響實在不可低估。

另如，日本新感覺主義何時傳入中國？通過什麼途徑？這也很值得研究。劉吶鷗等人 1928 年就翻譯日本新感覺派小說並給予很高評價，當然是較早譯介新感覺主義的先鋒。但他們不一定是最早的接觸者和介紹者。有種種材料表明，創造社的作家如陶晶孫，最遲在 1926 年就讀過日本新感覺派小說並接受了它的影響。這些問題如能弄清楚，對現代主義在中國的生長、發展，也可以把握得更準確一些。

至於存在主義對中國現代文學的影響，解志熙同志已寫成開拓性的專著《存在主義與中國現代文學》，使我們大開眼界，這裏就不再贅述了。

無論從中國現代文學所受國外影響出發去追溯外國文學、哲學思潮的本源，或者從國外思潮的源頭入手來考察它在現代中國的流變，都會殊途同歸，有助於弄清

中國現代文學思潮何以會這樣而不是那樣發展，對我們總結經驗、思考問題都是十分必要的。

1992 年 6 月 28—30 日旅途中

有關文化生態平衡的思考[1]

20 世紀即將成為歷史，成為歷史的最大好處，就是人們可以拉開同它的距離，客觀地、冷靜地對待它，科學地研究它，中國在這個世紀中取得了偉大的進步，也經受了巨大的苦難和犧牲，其中有許多正反面的非常豐富的歷史經驗和教訓需要總結。在弄清事實真相的基礎上總結這些歷史經驗和教訓，對於中國在 21 世紀的健康發展，對於世界的進步乃至人類的未來，都具有極大的好處，可以使我們少付出許多不必要的慘痛的代價。

20 世紀在文化方面留給我們最大、最豐富的一筆遺產是什麼呢？我認為是文化生態平衡的問題，這也是我最近幾年經常在思考，而且是想得最多的一個問題。一個國家的文化，可以有主導地位的成分，需要有主導地位的成分，但同時也需要有多種不同於主導地位的其他文化成分存在，這些不同的成分，構成一種相互制約、相互補充並在對立中相互吸收、不斷更新的關係，於是文化本身就能生動活潑地向前發展，就避免了武

1　　載《中華讀書報》1999 年 8 月 4 日。

斷、專制，避免了社會僵化或者停滯不前，更可以避免決策上的重大失誤，因為在決策之前就存在一種抵消失誤的機制。我相信這就是恩格斯所說的歷史發展主要依靠一種合力的意思。

任何一個社會想要取得持續的穩定的發展，都需要具備一些基本條件，文化生態保持平衡就是其中十分重要的一條。在中國古代，儒家的德治、法家的法治、道家的與民休養生息無為而治，孤立的、單純的哪一家的藥方，可能都治理不好國家和社會，但當它們構成一種相互對立又相互補充的關係後，好處就大了。如果再加上在下層的墨家，又加上後來傳進的佛家，這些思想學說組合到一起，就體現着文化生態平衡。漢初「文景之治」，依仗黃老之學，體現着儒道互補。漢武帝雖然獨尊儒術，實際卻是「霸王道雜之」，陽儒陰法。唐代是儒、道、佛三家並存和合流，政治、文化發展得很高，國勢也很強。宋明理學又是儒家吸取佛教哲學所獲得的重大發展。這些史實都可供我們借鑒。

從 20 世紀後半期起，為了挽救國家的危亡，先後出現過種種理論和思潮，有實業救國、維新救國、文藝救國、教育救國、革命救國、科技救國、學術救國等，

這些理論思潮在中國的實施程度和影響，何者能起主導作用，何者能起輔助作用，取決於不同時期中國社會的不同條件和不同狀況，但它們本身是互為補充的，而且在實際行動上是互相配合的。如果沒有這種配合，革命的勝利就會困難得多。即使不同思潮在有些階段有所對立，也是互補性的對立，而不一定是消解性的對立（康有為在辛亥革命後復辟帝制應除外）。但新中國成立後為了突出革命救國，把其他理論思潮均視為改良主義，視為反動、阻礙革命而通通批判，文化生態平衡也就受到破壞，連物質生態也造成失衡。許多教訓就是由此而來，很值得我們回顧和思考。

任何文化思潮，不管它本身多麼激進、多麼偏激，只要有東西制約它，就不可怕。例如「五四」時期錢玄同廢除漢字、推行世界語的主張當然很激進，但《新青年》內部就不同意，陳獨秀就寫了編者按語表示對這種主張有保留。魯迅也嘲諷錢玄同「才從『四目倉聖』面前爬起，又向『柴明華先師』腳下跪倒」。後來還嘲諷錢玄同「作法不自斃，悠然過四十」。「文革」中造反派們推行第三批簡化漢字，連「雕」字都要簡化成「刁」字，王力先生發言反對，說「要是我敢把『毛主席雕像』寫成

『毛主席刁像』，我豈不成了反革命？」造反派也只好改回來。所以，最重要的是要有不同思想見解能夠並存、相互匡正、相互制約的機制，提出文化生態平衡的問題，就是要建立這種機制。

這就是我在北京大學 20 世紀中國文化研究中心成立時的一點感想。

批評規範小議 [1]

我常想，如果我們從 20 世紀 30 年代的圍剿魯迅，40 年代東北的批判蕭軍和南方批判沈從文、蕭乾等作家，50 年代的整肅胡風集團和反右派鬥爭，60 年代前期的文化批評這一系列事件中，精選出一部分最具代表性的批評文章，加以出版，那或許是一件功德無量的事情。它提供一面極好的鏡子，讓人們大長見識，悟出「文革」那樣的禍亂其來有自，真正懂得批評應該怎樣做和不應該怎樣做，由此可能就批評應有的準則和規範獲得某些共識。

在我看來，批評應該有一些起碼的規範。

比方説，既然要批評，第一，總得了解自己批評的對象，讀過自己想要批評的書。如果沒有讀過，似以老老實實免開尊口為好。這大概是每位嚴肅的批評者都能接受的道理。奇怪的是，就有人連對方的一本書都沒有讀過，竟可以勇氣十足、「無惑又無慚」地批判。1948年有位作者批判朱光潛教授時，就坦言：「關於這位教

1　載《文匯讀書週報》2000 年 1 月 29 日。

授的著作，在十天以前我實在一個字也沒有讀過。」這種「沒有讀過」就斷定對方必定反動並決意要批判的態度，在當時曾引起學術界的許多議論。所幸這位作者為了批判，畢竟還臨時抱佛腳地讀了朱光潛一篇〈看戲與演戲——兩種人生理想〉的文藝隨筆，使他可以斷言朱光潛所說「人生理想往往決定於各個人的性格」，「有生來演戲的，也有生來看戲的」，是在鼓吹反動的宿命論；並自謂在演戲與看戲中「我不知道應該屬於哪一類型」。其實，這位作者的身份很清楚，他分明在演戲，演的是《打虎斬蛟》中蠻橫跋扈的周處。瞎子摸象好歹還摸到了大象的軀體的一部分，有的作者卻只是聽說世界上有大象這種東西，就自以為是地評論起來，憑空推算出某種作品有無價值或是否反動。可這樣一來，文學批評豈不成了星相學、算命術？

第二，批評的力量取決於態度的實事求是和說理的嚴密透闢，並不取決於擺出唬人的聲勢或拋出幾頂可怕的帽子。在我看來，批評者的真正使命是要排出正確的方程式，而不是硬塞給讀者一些嘩眾取寵的結論，試想，對蕭乾這樣愛國的知識分子扣上買辦——而且是「標準的買辦」的帽子，說他鼓吹「月亮都只有外國的

圓」，有半點事實根據嗎？不講什麼道理，一味吼叫「御用，御用，第三個還是御用，今天你的元勳就是政學系的大公！鴉片，鴉片，第三個還是鴉片，今天你的貢煙就是大公報的蕭乾！」這類口號，能叫作文學批評嗎？再說得遠一點，20世紀20年代末，在署名杜荃的一篇題為〈文藝戰線上的封建餘孽〉的文章中，把魯迅當作「資本主義以前的一個封建餘孽」來批判，並且定他為「雙重反革命人物」，因為「資本主義對於社會主義是反革命，封建餘孽對於社會主義是二重的反革命」。連當時中國革命的性質都沒有鬧清楚，對魯迅的作品更是完全無知，居然如此氣勢洶洶地開罵，給魯迅扣上這樣大的帽子，這能說有半點實事求是之心嗎？這類文章又能叫作什麼文藝批評呢？記得差不多五十年前，劉雪葦老師就在課堂上狠狠挖苦過這類批評家為「善於翻筋斗的表演家」。我希望，這類批評家還是少一點為好。

第三，批評必須尊重原意，忠於原文，不能斷章取義，移花接木，另紮一個稻草人為靶子。這應該成為批評者的公德。令人遺憾的是，某些批評恰恰大有悖於這類公德。以1948年東北批判蕭軍為例，所謂蕭軍「反蘇」、「反共」、「污蔑土改」等等罪名，完全由任意拼接、

羅織而成：一位中學生在《文化報》上為文記述白俄孩子與中國兒童的爭吵，竟被說成主編蕭軍蓄意挑撥中蘇關係；蕭軍虛擬的人物老秀才轉變前的思想，竟被摘錄出來誣栽到作者本人身上，而對人物轉變後「擁護中國共產黨」、「支援前線打倒蔣介石趕走美帝國主義」的言行則故意視若無睹。在整肅所謂「胡風反革命集團」過程中，許多書信的編摘剪接、批判文章的撰寫組合，也無不做了很多手腳，用了不少特技，藉以欺騙世人。以張中曉 1950 年 7 月 27 日致胡風信的遭遇為例：這封長達四五千字的信，竟被摘編得面目全非。原信本為自述身世而作，特別講到自己 1948 年 5 月大量出血、發現患肺結核病已經五六年、陷入貧病交加境地時的悲觀心情。上點年紀的人都知道，在 40 年代，患肺結核幾乎是絕症，剛發明的青黴素注射液要用金條來買。所以張中曉在信中說：「我是用最大的力量來戰勝肺結核的，我想，這是使我恨一切的原因。兩年來，我所受的苦難比從前的一些日子多，我懂得了什麼叫貧困！什麼叫做病，什麼叫做掙扎！……對這個社會秩序，我憎恨！」很明顯，張中曉憎恨的是舊社會、舊秩序、舊制度及其殘留物。可是，《關於胡風反革命集團的材料》的編者卻

故意刪除張中曉這些重要話語，只巧妙地節錄了「我過去曾寫過一些雜文和詩，現在待身體較再好一點，我準備再寫。兩年來，我脾氣變了許多，幾乎恨一切人……對這個社會秩序，我憎恨！」於是，憎恨的來由變得莫名其妙，彷彿只是出於反革命本能，而憎恨的對象也從舊社會變成了新社會，終於得到了張中曉向革命者「磨刀霍霍」的鐵證。這種歪曲篡改之明目張膽，實在到了駭人聽聞的程度！

第四，批評宜以對方實實在在的文字做根據，不搞誅心之論。上述斷章取義，歪曲篡改，畢竟還利用對方的文字，而誅心之論則進了一步，乾脆不根據對方實在的文字，只按自己的意圖從文字之外想像出對方的罪名，說白了其實是誣陷。有例為證：1948 年 8 月 15 日，蕭軍在他主編的《文化報》上，為紀念抗日戰爭勝利三週年發表了一篇社評，其中有這樣一段話：

　　如果說，第一個「八一五」是標誌了中國人民戰敗了四十年來侵略我們最兇惡的外來的敵人之一——日本帝國主義者；那麼今年的「八一五」就是標誌着中國人民在共產黨領導下，就要戰勝我們

內在的最兇殘的「人民公敵」—— 蔣介石和他底匪幫 —— 決定性的契機。同時也將是各色帝國主義者 —— 首先是美帝國主義 —— 最後從中國土地上撤回他們底血爪的時日；同時也就是幾千年困扼着我們以及我們祖先的封建勢力末日到來的一天。

思維正常的人，都會感覺到蕭軍這段話體現了一位進步作家在解放戰爭節節勝利的情勢下那種歡欣鼓舞的心情。但是，批判他的人，竟從文中「各色帝國主義者 —— 首先是美帝國主義」這個詞語，生發出了蕭軍的罪名。他們刊發了一篇〈斥《文化報》的謬論〉的文章，斷定蕭軍用「各色」兩字，意在影射攻擊蘇聯為「赤色帝國主義」。試問這種手段，和雍正年間查嗣庭因出了「維民所止」試題而被說成要砍皇帝的腦袋的文字獄，豈非如出一轍？

第五，批評就是批評，不要進行人身攻擊或造謠中傷。文學批評原屬文藝與學術的範疇，發展到文藝、學術之外就不正常。但越出文藝、學術爭論的事，歷來就有。林琴南「五四」時期作小說《荊生》、《妖夢》，就為了向對方進行人身攻擊，並表達出借助軍閥武力來鎮壓

新文化運動的願望。更顯著的，則是 20 世紀 30 年代有人造魯迅以及左翼作家的謠，說他們「拿蘇聯的盧布」。這樣做，一要詆毀對手的人格，封住他們的嘴巴；二有更加惡毒的用心，即置魯迅等人於死地，向國民黨當局示意這些作家可殺。然而，文人墮落到這種可悲的境地，也就意味着自身文學生命的終結。

提到上面這些，當然不僅為了談論某一頁醜惡的或慘痛的歷史，實在也因為在現實中深有感觸而發。近年我研究金庸小說，發表了一些看法，就受到有的作者的攻訐。學術見解不同甚至相反，原屬常事，我極願意聽到對拙作的批評意見；但我確實無法贊同那種不讀任何作品也不了解相關情況就高談闊論「拒絕」，還要罵「北大自貶身份而媚俗」的態度，認為這絕非嚴肅的作者所應為。在我公開表示對這種荒唐的「拒絕」不值得重視之後，有作者就移花接木，歪曲本意，居然說我把金庸作品當飯吃，竭盡嘲罵之能事。甚至還有人造出謠言說我「拿了金庸的紅包」。可以說，半個世紀裏發生的種種奇怪事情，這兩年在不同程度上也讓我攤上了。我實在不明白有的人為什麼會那麼無聊，不堂堂正正地討論問題卻要採取此等鬼祟手段；也不明白我主張社會要多

一點正義感、多一點見義勇為精神、多一點獨立思考的頭腦，何以如此遭有些人之忌。或許正如魯迅當年所說「拿盧布」之類謠言的拋出，「不過想借此助一臂之力，以濟其『文藝批評』之窮」？當然，比起30年代魯迅等作家幾乎被置於死地的境遇，我畢竟幸運得多，至今還沒有人說我「拿了中央情報局的美元」，我似乎理應向造謠者給予的寬容表示感謝！

關於學理討論和文化批評，伏爾泰有句話說得非常好：「我雖然不同意你的意見，但我誓死維護你發表意見的權利！」這才是真正的君子風度，是包括文藝批評工作者在內的一切從事批評人員都應具備的素質。我們應該珍惜伏爾泰所說的這種權利。用不了多久，人類就要進入新世紀了。我誠摯地希望，未來世紀的文壇能高揚文明與理性的大旗，將20世紀某些不好的批評風氣，作為排泄的垃圾拒之於大門之外。

第二輯

魯迅作品的經典意義 [1]

20世紀即將成為歷史。站在世紀之交回眸百年中國文學，真正稱得上經典的作家作品，似乎未必能排出一份很長的名單。

然而，無論這份名單長或短，我卻相信，魯迅永遠是其中不可或缺的一位 —— 大概還會居於首位。

魯迅創作能成為20世紀的文學經典，是因為作品本身具有下述三種質素。

一是憂憤深廣的現代情思

「五四」新文學之所以能成為真正具有現代意義的文學，是基於人的覺醒，基於啟蒙精神。「五四」新文學根本告別了「威福、子女、玉帛」的舊價值觀念，充滿了個性解放與民族自強的要求，充滿了對國民蒙昧狀態的深刻剖露和沉痛憂思，充滿了對被壓迫羣眾的沉摯關懷以及人人應該懂得自尊又應該懂得尊重別人的熱情呼喊。魯迅就是這種文學的最重要的奠基者，也是它的

---

1   載《北京大學學報》1996年第1期。

最傑出的代表。現代小說的開篇之作《狂人日記》，從幾千年歷史的字縫裏讀出了「吃人」二字，並發出「救救孩子」的呼聲，可以說就是一篇文學形式的人權宣言。《故鄉》中，當閏土張口叫一聲「老爺」時，「我」竟至心靈震顫，「似乎打了一個寒噤」；這一筆也只有真正把農民視作朋友的魯迅才能寫出。《阿Q正傳》既含淚鞭撻了阿Q的精神勝利法，也沉痛鞭撻了阿Q的革命，因為阿Q式的革命只是要站到未莊人的頭上，成為新的壓迫者；魯迅很怕「二三十年以後」中國「還會有阿Q似的革命黨出現」（《華蓋集續編‧《阿Q正傳》的成因》）。

早在1919年8月，魯迅在為日本作家武者小路實篤四幕反戰劇本《一個青年的夢》寫的譯者序中，就對「人人都是人類的相待」一句話表示「極以為然」，並且說：「中國也彷彿很有許多人覺悟了。我卻依然恐怖，生怕是舊式的覺悟。」這裏所謂「舊式的覺悟」，就是指自我獲得解放之後卻去壓迫別人，損害他人以肥利自己，以及對「威福、子女、玉帛」一類封建性人生理想的追求。三個月後，魯迅又為《一個青年的夢》寫了第二篇〈譯者序〉，說：「我慮到幾位讀者，或以為日本是好戰的國度，那國民才該熟讀這書，中國人又何須有此呢？

我的私見，卻很不然：中國人自己誠然不善於戰爭，卻並沒有詛咒戰爭；自己誠然不願出戰，卻並未同情不願出戰的他人；雖然想到自己，卻並沒有想到他人自己。譬如現在論及日本併吞朝鮮的事，每每有『朝鮮本我藩屬』這一類話，只要聽這口氣，也足夠教人害怕了。」魯迅作品中這種人我關係完全平等、「容不得吃人的人活在世上」的主張，便充滿了 20 世紀的時代意識，與封建的、小生產的、資產階級損人利己的各類態度都截然不同。

對於個性主義，魯迅當然是讚美和支持的，它是魯迅前期作品的基本思想之一。無論是年輕時敢於拔神像鬍子的呂緯甫，或者懷抱新理想與舊勢力頑強抗爭的魏連殳，他們都是魯迅筆下令人同情的英雄。「站在沙漠上，看看飛沙走石，樂則大笑，悲則大叫，憤則大罵」（《華蓋集·題記》），這是當時那些追求心靈自由的知識者的真實寫照。「我是我自己的，他們誰也沒有干涉我的權利！」《傷逝》女主人公子君的話語，更成為青年們風靡一時的口頭禪。然而魯迅作品的可貴，不僅在於寫出個性主義的值得肯定，還在於寫出個性主義具有脆弱的一面。呂緯甫失卻蓬勃朝氣而走向消沉、頹唐；魏連

受由憤世嫉俗發展到玩世不恭、痛苦屈服；連更年輕的子君、涓生也終於演出婚戀的悲劇。覺醒的個體面對強大的「無物之陣」，往往以失敗告終。魯迅作品中彌漫的悲劇性氣氛，與其說由於中國知識分子對西方 19 世紀末興起的悲觀思潮的認同，不如說出於對東方專制主義統治下社會現實的深刻體察。魯迅談到 20 世紀 20 年代沉鐘社作家們悲涼心情時說，「即使尋到一點光明，『徑一週三』，卻是分明的看見了周圍的無涯際的黑暗」（《中國新文學大系‧小說二集序》）。這其實也正是整個「五四」一代知識青年普遍面臨的狀況。它是單純的個性主義武器所無法對付的。可以說，魯迅作品不僅啟了舊的封建主義之蒙，同時也啟了新的個性主義之蒙。豐富的戰鬥實踐經驗，使魯迅很早就成為無產階級的天然盟友，而在接受馬克思主義以後，更能純熟自如地運用這一武器，開展兩條戰線的鬥爭，在與正面敵人作戰的同時，抵制和反對種種機械論、庸俗化的傾向。這就是文學家而又兼思想家的魯迅的深邃之處，也是他的文學作品的重大價值所在。

二是超拔非凡的藝術成就

　　魯迅創作又是「文的覺醒」的傑出代表。如果說大部分「五四」新文學作家的作品都比較幼稚淺露，那麼，魯迅作品藝術上卻是圓熟獨到的。他比一般作家高出一大截，幾乎形成鶴立雞羣之勢。無論小說、散文、散文詩或雜文，魯迅的許多作品都包含了對生活的獨特發現，熔鑄着作者自己的真知灼見，藝術表現上又是那麼簡潔凝練、圓熟老到、質樸遒勁、餘味無窮，因而具有沉甸甸的分量。尤其在塑造人物方面，魯迅有一種近乎神奇的本領，往往寥寥幾筆，就能使人物栩栩如生，形神畢肖。他的小說不多，卻能創造出閏土、阿Q、祥林嫂、孔乙己、魏連殳等一系列出色的典型，連不多幾筆寫成的楊二嫂也那麼令人難忘，這不能不說是一種輝煌的成功。散文裏的長媽媽、龍師父、范愛農、藤野先生，也都是一些很有藝術光彩的生動形象。不識字的長媽媽，本不知《山海經》為何物，但聽說少年魯迅喜愛此書，就花錢買了回來，高興地說道：「哥兒，有畫兒的。『三哼經』我給你買來了！」范愛農連死後，屍體也是直立着。細節的選擇和描畫何等傳神有力！這些都和作者

「靜觀默察，爛熟於心」，然後用最省儉的筆墨去刻畫人物最獨特的地方——「畫眼睛」的方法有關；更和作者着意於「穿掘靈魂的深處」——「寫靈魂」這一藝術主張密切相連。

　　魯迅作品在藝術上的高度成就，固然由於他超羣的創作才能，更得力於他廣納百川、貫通古今，吸收融會了西方近代和中國古代豐富的文學營養。他歷來主張「博採眾家，取其所長」（《魯迅書信集・致董永舒》），借鑒一切有用的創作方法和表現手法。他曾以自己的經驗告誡青年文藝家：「必須如蜜蜂一樣，採過許多花，這才能釀出蜜來，倘若叮在一處，所得就非常有限，枯燥了。」（《書信集・致顏黎民》）魯迅小說的結構、形式取自西方，然而敍述描寫都很簡潔，極少瑣細的環境描寫，「寧可什麼陪襯拖帶也沒有」，這又得力於白描，得力於中國文學豐富的抒情傳統。就創作方法而言，魯迅作品既有屬於主流地位的寫實主義，又有浪漫主義、象徵主義、表現主義，它們相互錯綜、相互滲透，形成多元的斑斕的色調。單純與豐富、質樸與奇警、冷峻與熱烈、淺白與深刻、詩情與哲理、西方影響與民族風格，在魯迅作品中統一得那麼和諧、那麼出色，達到了極高的境界。

三是文體實驗的巨大功績

要說 20 世紀的文體家，當推魯迅為首選。他是文備眾體的一代宗師。在新文學的小說、雜感隨筆、散文、散文詩各類體裁方面，他都是真正的先驅，不僅篳路藍縷，而且建樹輝煌。

新體白話小說在魯迅手中創建，又在魯迅手中成熟。海外有的學者以為《狂人日記》之前，已有陳衡哲的《一日》，首創之功不屬魯迅。但其實，《一日》姑不論其文筆稚嫩，即以文體而言亦非小說，作者陳衡哲女士自己說得明白：那是一篇記事散文。無論從創作時間之早、思想容量之大、藝術品質之高來說，《狂人日記》的開山地位都是無可動搖的。

魯迅小說文體的突出特點，是富有開創精神。以《吶喊》、《彷徨》而論，作者根據不同小說內容的需要，為每篇作品精心尋找恰到好處的體式和手法：有的截取橫斷面，有的直現縱剖面，有的多用對話，有的近乎速寫；有的採用由主人公自述的日記、手記體，有的採用由見證人回述的第一人稱，有的則用完全由作者進行客觀描繪的第三人稱；有的抒情味很濃，有的諷刺性

很強，有的專析心理，有的兼表哲理，形式種類極為多樣。正像沈雁冰當年〈讀《吶喊》〉一文所說：「在中國新文壇上，魯迅君常常是創造形式的先鋒；《吶喊》裏的十多篇小說，幾乎一篇有一篇新形式，而這些新形式又莫不給青年以極大的影響，必然有多數人跟上去試驗。」後來的《故事新編》，更屬全新的大膽嘗試。作者運用古今雜糅、時空錯位乃至荒誕、誇張的手法，將神話、傳說、歷史上的人物還原於凡俗的環境中，寄託或莊嚴、或滑稽、或悲哀、或憎惡的諸種心態。這是魯迅借鑑國外表現主義作品而做出的重要創造。

散文詩的創作，在中國，魯迅也是第一人。從《自言自語》一組到《野草》24 篇，可以看出作者為展示自我心靈世界而探索運用這一文體，達到得心應手的過程。《野草》融合了魯迅的人生哲學和藝術哲學。奇幻的意象、幽深的境界、象徵的方法、冷豔的色彩、精妙的構思、詩意的獨語：魯迅所做出的這些最富個性的貢獻，使散文詩成為 20 世紀中國文學裏雋妙精美、極具魅力的藝術珍品。

雜文更可以說是魯迅的文體。它雖起源於《新青年》上的隨感錄，卻主要由於魯迅的弘揚與創造而成為文學

中的一體。這種文藝性的議論文，往往熔隨筆、時評、政論、詩、散文於一爐，以便自由揮灑、短兵相接地對時事、政治、社會、歷史、文化、習俗、宗教、道德諸類問題做出廣泛而敏銳的反應。在長達十八年的時間裏，魯迅傾注大部分精力，在這一並無固定體式的領域縱橫馳騁，使他天馬行空般的文思與才華酣暢淋漓地發揮到了極致。魯迅賦予這種文體以豐厚的審美特質。魯迅雜文以其思想的鋒銳性、深刻性和豐富性，議論的形象性、抒情性和趣味性，贏得千千萬萬讀者的喜愛，成為中國思想史、文化史、文學史上一座罕見的寶庫。

我們大概無須一一列述魯迅各類作品在各種文體上的貢獻。其實，在文學藝術的許多根本問題 —— 例如思想與藝術、繼承與創新、開放與自立、西方影響與民族風格等方面，魯迅的實踐和理論都具有根本的意義。它們同樣證明了魯迅作品的經典價值。

魯迅是超前的，也是説不盡的。魯迅不僅屬於 20 世紀，屬於過去，更屬於 21 世紀，屬於未來！

廢名小說藝術隨想 [1]

只愛讀故事的人，讀不了廢名的小說，因為廢名小說裏少有撲朔迷離的故事。

讀慣了一般新文學作品的人，可能也讀不慣廢名的小說，因為廢名小說有時連人物也是隱隱約約的。

一目十行的急性子讀者，更讀不了廢名的小說，因為廢名小說必須靜下心來仔細品味。

這樣說，絲毫沒有故弄玄虛的成分，實在只是我親歷的一種經驗。

記得 15、16 歲時，曾有機會接觸廢名的部分小說，那時只覺得一個「澀」字，難以下嚥。

十年以後，鑽研中國現代文學成了自己的專業工作，只得硬着頭皮去讀，感受開始不一樣了，覺得廢名作品確有其獨特的韻味，經得起咀嚼。正像江南人稱為青果的橄欖，初入口不免苦澀，慢慢漸有一股清香從舌端升起，彷彿甘美無比，久而久之竟連它的硬核也捨不得吐掉。這才體會到《儒林外史》所寫周進評閱范進試

1 載《中國文化》1996 年 8 月第 13 期。

卷，讀第三遍始覺出味道，恐怕不只具有諷刺的意義，也可能還是某種實情。

廢名小說其實是供人鑒賞的小品和詩。他寫生活的歡樂和苦澀、靜謐和憂鬱、寂寞和無奈……咀嚼並表現着身邊的悲歡，間或發出聲聲歎息。作者未必具有反禮教的意圖，真正看重的乃是詩情和意趣。

借日常瑣事來展現生活情趣，這種趨勢在廢名小說創作中似乎一開始就存在。作於 1923 年的《柚子》、《半年》、《阿妹》等篇，就可以作為這方面的代表。《柚子》通過童年一系列日常瑣事，刻畫了表妹柚子的鮮明形象。「我」糖罐子空了就偷吃柚子的糖，「柚子也很明白我的把戲，但她並不作聲」，溫厚可愛的性格躍然紙上。《半年》寫「我」在城南雞鳴寺養病讀書的數月經歷。與女孩子們揀磨菇，與新婚妻子芹之間的相互逗樂，成為「我」生活中的極大趣事。「可惱的芹，燈燃着了，還故意到母親那裏支吾一會；母親很好，催促着，『問他要東西不』。」婚姻的幸福以及享受新婚之樂的急切心情，洋溢在字裏行間。這裏也有賈寶玉式愛和女孩子廝混的習性，卻並沒有「婚非所愛」的尷尬情境。

廢名早年的小說，藝術上已顯示出多暗示、重含

蓄、好跳躍的特點（如《火神廟的和尚》）。但這種特點真正能很好發揮，運用自如，要到 1927 年前後。《桃園》正是最為圓熟的一篇：「王老大只有一個女孩兒，一十三歲，病了差不多半個月了。」開篇的文字，就簡潔到了極點。作者用寫詩的筆法寫小說，提到桃花盛開季節西山的落日，提到照牆上畫的天狗吞日圖像，提到阿毛為「我們桃園兩個日頭」歡呼，正是為了點出明媚春光下女兒心中充溢着的美好感情，以及女兒病後父親憂急如焚的心情。全篇着力表現的，乃是王老大和阿毛間的父女摯愛。阿毛病了，但她還是關愛着父親，看到愛酒的父親酒瓶已空，便竭力勸父親去買酒。王老大卻一心惦念病中的阿毛。只因女兒說了一句「桃子好吃」，即使產桃季節早已過去，做父親的竟用空酒瓶再貼些零錢，換回來一個玻璃桃子，想讓女兒「看一看」也是好的。小說結尾是：玻璃桃子被街頭嬉戲的孩子撞碎了，王老大與頑皮的作孩子「雙眼對雙眼」地幹站着——碎的不僅是桃子，更是王老大一顆愛女之心。小說寫出貧民父女間相濡以沫的愛，足可與朱自清散文《背影》相媲美。「王老大一門門把月光都鬥出去了」，這種跳脫的筆法與孤寂的場景，更襯托出父愛的偉大與深摯。對情

趣的看重，也進而構成為一種藝術意境。

　　若論表達的含蓄委婉與靈動跳脫，同樣作於 1927 年的《小五放牛》，也可算有代表性的一篇。富戶霸佔老實農民的妻子，這樣的題材在一般作家筆下，都會寫得劍拔弩張，憤慨之情溢於言表。但廢名的處理頗為不同。作品通過放牛娃小五的特定視角來寫，以孩子的天真眼光多少過濾了某些醜惡場景。敍事語言則顯得曲折委婉，卻又婉而多諷：「穿紡綢褲子」的闊屠戶王胖子，長期「住在陳大爺家裏，而毛媽媽決不是王胖子的娘子」。客觀敍述之中，暗含對農民陳大爺的同情。全篇只有 2,300 字，就寫了各有性格的四個人物。文字簡潔洗練，富有表現力，如形容毛媽媽之胖：「我想，她身上的肉再多一斤，她的腳就真載不住了。」有些轉折屬跳躍式，簡直有點蒙太奇意味，如以放牛娃自述方式呈現的三行文字：

　　「打四兩酒。」
　　王胖子這是吩咐他自己 —— 但他光顧我小五了：
　　「小五，替我到店裏去割半斤肉來，另外打四兩酒。」

「五四」時期小說作家中，文字這麼簡省講究的，魯迅而外，恐怕只有廢名了。

還應該說，廢名小說具有某種超前的質素。對於後來的京派作家如沈從文、汪曾祺，廢名作品具有引導意義。

廢名早年在北大讀外文系，學的是英文。除了深深濡染於晚唐詩之外，也許因為大量接觸英國作品的緣故，他的小說在手法和語言上也自覺或不自覺地受到西方現代文學的影響。「五四」時期中國小說採用意識流的並不多，但廢名的某些作品，卻含有意識流的成分。《追悼會》的主人公在紀念「三一八」慘案一週年的會場上那些繁雜的心理活動，就帶有意識流的特點。《桃園》中阿毛「坐在門檻上玩」一段，也有十足的意識流味道：「阿毛用了她的小手摸過這許多的樹，不，這一棵一棵的樹是阿毛一手抱大的！—— 是爸爸拿水澆得這麼大嗎？她記起城外山上滿山的墳，她的媽媽也有一個，—— 媽媽的墳就在這園裏不好嗎？爸爸為什麼同媽媽打架呢？有一回一籃桃子都踢翻了，阿毛一個一個的朝籃裏揀！天狗真個把日頭吃了怎麼辦呢……」廢名小說的某些語言和寫法，還具有現代派文學那種通感的色

彩。如《菱蕩》中的文字:「停了腳,水裏唧唧響 —— 水彷彿是這一個一個的聲音填的!」「菱蕩的深,這才被她們攪動了。」又如《河上柳》:「老爹的心裏又漸漸滋長起楊柳來了。」廢名似乎竭力要將詩和散文的種種因素引入小說,其結果,則使他的小說某些意象極其像詩。試讀《菱蕩》第二段:「落山的太陽射不過陶家村的時候(這時遊城的很多),少不了有人攀了城垛子探首望水,但結果城上人望城下人,彷彿不會說水清竹葉綠 —— 城下人亦望城上。」它使我們想起了卞之琳《斷章》中的詩句:「你站在橋上看風景,看風景人在樓上看你。」這種詩、散文和小說融合的趨向,也正是現代派文學的一大特點,而這一特點在廢名小說中很早就出現了。

廢名的小說是耐讀的:不僅耐得住不同的閱讀空間,也耐得住不同的閱讀時間和閱讀對象。

1995 年 11 月 14 日草成
1996 年 3 月 17 日抄畢

漫談穆時英的都市小說 [1]

在中國，真正的現代都市小說，大概只能從 20 世紀 20 年代末 30 年代初新感覺派出現的時候算起。其發祥地則是上海。

30 年代的上海，有點像 80 年代的香港，是亞洲首屈一指的國際商業中心和金融中心，世界性的大都會。它有「東方巴黎」之稱。其繁華程度，就連當時的東京也難以匹敵，雖然它呈現着明顯的半殖民地畸形色彩（帝國主義在中國最大的租界就設在這裏）。中國現代都市小說 —— 而且是帶有現代主義特徵的都市小說，最早誕生在這裏，決非出於偶然。

魯迅在 1926 年談到俄國詩人勃洛克時，曾經讚許地稱他為俄國「現代都會詩人的第一人」，並且說：「中國沒有這樣的都會詩人。我們有館閣詩人，山林詩人，花月詩人……沒有都會詩人。」（《集外集拾遺·《十二個》後記》）如果說 20 年代前半期中國確實沒有現代性的都會詩人或都會作家的話，那麼，到 20 年代末期和

1　本文為上海文藝出版社 1997 年出版的《穆時英·都市小說》一書的序。

30 年代初期可以說已經產生了 —— 而且產生了不止一種類型。寫《子夜》的茅盾、寫《上海狂舞曲》的樓適夷，便是其中的一種類型，他們是站在先進階級立場上來寫燈紅酒綠的都市的黃昏的（《子夜》初名就叫《夕陽》）。另一種類型就是劉吶鷗（1900[2]—1940）、穆時英（1912—1940）等受了日本新感覺主義影響的這些作家，他們也在描寫上海這種現代大都市生活中顯示出自己的特長。其實，這樣的區分多少含有今天的眼光。從當時來說，兩者的界限並不那麼清楚。劉吶鷗在 20 年代末，思想上也相當激進，對蘇聯和日本的無產階級文學運動都表示支持。他在上海經辦的水沫書店，曾經是左翼文化的大本營。穆時英較早的小說，也稱半殖民地上海為「造在地獄上的天堂」，揭露外國殖民者和資產階級的荒淫醜惡，明顯地同情下層勞動者和革命人民。而「左聯」成員樓適夷，也曾嘗試用新感覺主義手法來寫《上海狂舞曲》，只是後來聽從馮雪峰的勸告，才中止了這部小說的創作。可見，無論在日本或中國，新感覺主義和普羅文學運動最初都曾以先鋒的面貌混同地出現。

2　編者按，劉吶鷗生年應為 1905 年。

劉吶鷗、穆時英的小說，從內容到形式都屬於現代都市。場景是夜總會、賽馬場、電影院、咖啡廳、大旅館、小轎車、富豪別墅、濱海浴場、特快列車。人物是舞女、少爺、水手、資本家、姨太太、投機商、小職員、洋行經理，以及體力勞動者、流氓無產者和各類市民。小說的語言、手法、節奏、意象乃至情趣，也有明顯的革新和變異。這類作品比較充分地體現了 20 世紀文學有別於傳統文學的種種特點。如果說劉吶鷗由於自小生長在日本，他筆下的都市生活上海味不濃，有點像東京，語言也多少顯得生硬的話；那麼，穆時英卻以他耀眼的文學才華和對上海生活的極度熟悉，創建了具有濃郁新感覺味、同時語言藝術上也相當圓熟的現代都市小說。杜衡在 30 年代初期就說：「中國是有都市而沒有描寫都市的文學，或是描寫了都市而沒有採取適合這種描寫的手法。在這方面，劉吶鷗算是開了一個端，但是他沒有好好地繼續下去，而且他的作品還有着『非中國』即『非現實』的缺點。能夠避免這缺點而繼續努力的，這是時英。」（〈關於穆時英的創作〉）蘇雪林也說：「穆時英……是都市文學的先驅作家，在這一點上他可以和保爾・穆杭、辛克萊・路易士以及日本作家橫光利一、堀口大學相比。」（〈中國現時的小說和戲

劇〉〉可見穆時英的都市小説在人們心目中的地位。

穆時英最早的集子《南北極》裏的小説，大體是寫實主義的。到 1932 年以後出版的《公墓》、《白金的女體塑像》、《聖處女的感情》三個集子，則呈現出頗不相同的現代主義傾向。作者把浪漫主義、寫實主義都看作過時的貨色。在一個短篇小説中，穆時英通過男女主人公的對話，清楚不過地表明了這種態度：

「你讀過《茶花女》嗎？」

「這應該是我們的祖母讀的。」

「那麼你喜歡寫實主義的東西嗎？譬如說，左拉的《娜娜》，朵斯退益夫斯基的《罪與罰》……」

「想睡的時候拿來讀的。對於我是一服良好的催眠劑。我喜歡讀保爾‧穆杭、橫光利一、堀口大學、劉易士──是的，我頂愛劉易士。」

「在本國呢？」

「我喜歡劉吶鷗的新的話術、郭建英的漫畫，和你（指穆時英自己──引者）那種粗暴的文字，獷野的氣息……」

在這本《都市小説》中，我們雖也保存了《偷麵包的麵包師》、《斷了條胳膊的人》兩篇作為穆時英寫實小説的樣本，卻理所當然地着重選錄了他那些最有代表性的新感覺主義作品，如《上海的狐步舞》、《夜》、《黑牡丹》、《夜總會裏的五個人》、《街景》、《被當作消遣品的男子》、《駱駝‧尼采主義者與女人》、《白金的女體塑像》、《第二戀》等，因為這是穆時英獲得「中國新感覺派聖手」稱號，或者説穆時英之所以為穆時英的主要業績。

穆時英新感覺主義的都市小説有些什麼顯著特色和創造？

特色之一，這些作品具有與現代都市脈搏相適應的快速節奏，有電影鏡頭般不斷跳躍的結構。它們猶如街頭的霓虹燈般閃爍不定，交錯變幻，充滿着現代都市的急促和喧囂，與傳統小説那種從容舒緩的敍述方法和恬淡寧靜的藝術氛圍完全不同。以《上海的狐步舞》為例，全篇都是一組組畫面的蒙太奇式組接，文字簡潔而視覺形象突出，富有動感和跳躍性，藝術上得力於電影者甚多。描述舞場情景時，作者有意從舞客的視角，多次迴旋反覆地安排了幾段圓圈式的相同或相似的文字，給人華爾滋般不斷旋轉的感覺。在快速節奏中表現半殖民地

都市的病態生活，這是穆時英的一大長處。

特色之二，穆時英筆下的人物，常常在「悲哀的臉上戴了快樂的面具」(《公墓・自序》)。《夜總會裏的五個人》可以説寫了當時上海生活的一幅剪影：從舞女、職員、學者、大學生到投機商的五位主人公，每人都懷着自己的極大苦惱，在週末擁進了夜總會，從瘋狂的跳舞中尋找刺激。黎明時分，破產了的「金子大王」終於開槍自殺，其餘四人則把他送進墓地。這在穆氏小説人物中頗有代表性。穆時英的人物形象，尤以年輕的摩登女子為最多，也最見長。她們愛看好萊塢電影，「繪着嘉寶型的眉」，喜歡捉弄別人，把男子當消遣品，而在實際生活中依然是男子的玩物。無論是《夜》裏那個舞女，還是《Craven "A"》裏的余慧嫻，或者《夜總會裏的五個人》中的黃黛茜，她們儘管「戴了快樂的面具」，卻都帶着大大小小的精神傷痕，內心懷有深深的寂寞和痛苦。《黑牡丹》裏那個女主人公的命運，已經算是夠好的了：她在一個深夜為了躲避舞客的姦污，從汽車中脱逃狂奔，得到別墅主人的救護，終於成為這位男主人的妻子，但她一直沒有對丈夫説出自己的舞女身份，也要求一切知情人為她保密，她不願再去觸動自己靈魂深處的那塊傷疤。能夠寫出快樂背後的悲哀，正

是穆時英遠較劉吶鷗等人深刻的地方。

特色之三，穆時英小說中有大量感覺化乃至通感化的筆墨。

新感覺派之所以被稱為新感覺派，就因為這個流派強調直覺，強調主觀感受，重視抓取一些新奇的感覺印象，努力將人們的主觀感覺滲透融合到客體描寫中去，以創造新的敍事語言和敍事方法。例如，穆時英將滿載旅客的列車開離月台的一剎那，寫成「月台往後縮脖子」（《街景》）；將列車夜間在弧光燈照耀下駛過岔路口，寫成「鐵軌隆隆地響着，鐵軌上的枕木像蜈蚣似地在光線裏向前爬去」（《上海的狐步舞》）。月夜的黃浦江上，穆時英這樣寫景：「把大月亮拖在船尾上，一隻小舢板駛過來了，搖船的生着銀髮。」（《夜》）黎明時刻的都市，在他筆下被形容為：「睡熟了的建築物站了起來，抬着腦袋，卸下灰色的睡衣。」主人公坐電梯到四樓，穆時英寫作：「電梯把他吐在四樓」（均見《上海的狐步舞》）。這類寫法既新鮮，又真切，富有詩意，給讀者留下深刻的印象。穆時英還常常把視覺、聽覺、嗅覺、味覺、觸覺這些由不同的器官所產生的不同感覺，複合起來、打通起來描述，形成人們常說的通感。像《上海的狐步舞》裏，就有「古

銅色的鴉片煙香味」這類詞句。《第二戀》裏，當 19 歲的天真稚嫩的女主人公瑪莉第一次出場時，男主人公「我」感到：「她的眸子裏還遺留着乳香。」兩人因經濟地位的懸殊而遺憾地未能結合，九年以後再見，瑪莉「撫摸着我的頭髮」，「那隻手像一隻熨斗，輕輕熨着我的結了許多皺紋的靈魂」。應該說，這些都是相當精彩的筆墨。

此外，穆時英在有些作品中還較為成功地運用了心理獨白。《白金的女體塑像》就呈現了一位男醫生在女病人裸體面前的心理活動和心理變化，有兩段文字甚至連綴而不加標點，一如西方有些現代派作品那樣。《街景》則多少採用了時空錯位的意識流手法。這在二三十年代也是一種新的探索。

凡此種種，都表明穆時英對於中國現代都市小說的建立和發展，做出過重要的貢獻。

28 歲就去世的穆時英，也許只能算是一顆小小的流星，然而，歷史的鏡頭卻已經攝下了他閃光的刹那。

1996 年 2 月 1 日草就於北大中關園寓所

穆時英長篇小說追蹤記

——《穆時英全集》編後

不管人們對穆時英有多少不同的評價，卻大概都會承認：他是一位有才華（鬼才也罷，天才也罷）的中國新感覺派的代表性作家。

穆時英的作品，通常知道的有《南北極》、《公墓》、《白金的女體塑像》、《聖處女的感情》四種，都是短篇小說集。20世紀80年代初我編《新感覺派小說選》時，曾發現《第二戀》、《獄嘯》、《G No. Ⅷ》等集外小說，卻也都是短篇或中篇連載未完的。至於穆時英發表過長篇小說沒有，雖然有一些線索可尋，卻一直得不到確證。

所謂「有一些線索」者，一是穆時英將《上海的狐步舞》稱為「一個斷片」，意味着它可能是長篇的一部分；二是在1936年初的《良友》圖畫雜誌113期和另一些刊物（例如《海燕週報》）上，曾刊登過「良友文學叢書」將穆時英長篇小說《中國行進》列作叢書之一的廣告，其廣告詞説：

這一部預告了三年的長篇，現在已全部脱稿

了。寫一九三一年大水災和九一八的前夕中國農村的破落，城市裏民族資本主義和國際資本主義的鬥爭。作者在這裏不但保持了他所特有的輕快的筆調，故事的結構，也有了新的發現。

既然「全部脫稿」，當然就有正式出版的可能。於是我在 1983 年 5 月寫信請教當年「良友文學叢書」主持人趙家璧先生：《中國行進》這部長篇到底是否出版過？家璧先生當時正在病中，病癒後他在 7 月 10 日覆信說：

家炎同志：

⋯⋯穆時英是我大學讀書時同學，頗有寫作天才，如此下場，我對他頗有惋惜之情。第三輯《新文學史料》裏，將發表我又一篇回憶史料，其中有一段提到他，但非常簡短，未提及你要了解的那個長篇。

這部最初取名為《中國一九三一》的長篇是我鼓勵他寫的。當時我對美國進步作家杜司・帕索斯（John Dos Passos）的三部曲很欣賞，其中一部書名就叫《一九一九》。穆借去看了，就準備按杜

司‧帕索斯的方法寫中國，把時代背景、時代中心人物、作者自身經歷和小說故事的敘述，融合在一起寫個獨創性的長篇。這部小說後改稱《中國行進》……

據我的記憶，這部書曾發排過。由於用大大小小不同的字體，給我印象較深。但此書確實從未出版，其中各個章節也未記得曾發表在任何刊物上。如果你們現在不提起，我簡直想不起來了。上述一點史料，不知能滿足你的要求否？下次如來滬出差開會，希望抽空來舍談談。

敬頌著安

趙家璧

83.7.10

趙家璧先生的答覆當然最有權威性，我也就死心塌地不再繼續追尋了。但是，有一次西安的鐘朋先生來訪，他說到黑嬰曾告訴他，穆時英有一部長篇，似乎曾在上海一家報紙連載過，到底是甚麼報卻記不甚清楚。這樣，我又從希望的灰燼中看到了一點火星。從種種跡象判斷，我猜想，黑嬰先生說的這種報紙，大概會是《晨

報》。去年夏天，當中國現代文學館的李今女士要到上海查找穆時英、劉吶鷗的資料時，我就將這一線索告訴了她，請她前去一試。

李今女士在上海用許多時間認真翻閱了《晨報》以及《小晨報》。結果是：《中國行進》這部長篇小說並沒有找到，卻意外地發現了穆時英的許多散文作品和理論文字，尤其是有關電影藝術和文學方面的許多佚文，像〈電影批評底基礎問題〉、〈電影的散步〉、〈電影藝術防禦戰〉、〈文學市場漫步〉等幾組論文，總計約有 10 萬字以上。這些文字既顯示了穆時英的文學藝術見解乃至社會政治觀點，也表明了他所受到的西方電影、戲劇、小說的薰陶，以及他當時的苦悶與思考。接着，李今女士又根據香港稽康裔一篇回憶文章（這是 Chrys Carey 先生幫我複印的）所提供的線索，在 1936 年上海《時代日報》上發現了穆時英寫上海「一・二八」抗戰的一部長篇——《我們這一代》（可惜這部長篇因作者去了香港而仍未連載完畢）；還發現了穆時英的幾篇不為人知的短篇小說。李今女士這些經過辛苦勞作而獲得的發現，大大豐富了學術界對穆時英的資料掌握，足以將這方面的研究推進到一個新的層次。連穆時英到底是漢奸還是

抗日的地下工作人員這個謎，或許也可由此獲得解開。

我還想提到另一位在這方面有貢獻的學者，那就是吳福輝先生。他在深入研究海派小說的過程中，發現了穆時英還有一部最早創作並正式出版的長篇——《交流》。這部約 10 萬字的小說在 1930 年由上海芳草書店印行。書末作者自署：「二十三日，五月，一九二九年，於懷施堂。」寫作時間簡直與《獄嘯》難分先後（《獄嘯》寫畢於「一九二九，五，十五日」）。應該說，這是穆時英真正的處女作。當時穆時英只有 17 歲，完全沒有什麼名聲，別人無須利用他的名字來推銷假貨賺錢。小說情節建立在憑空編故事的基礎上，破綻頗多，技巧相當幼稚，但語言中詩的質素和迴旋複遝的調子，證明它確屬穆時英的手筆。也許作者後來對它和《獄嘯》這兩種最早的作品都很不滿意，所以絕少提到，以致幾乎無人知道。現在發掘出來，對我們了解穆時英的成長過程和文字磨煉功夫，仍是有意義的。

總之，這部《穆時英全集》，可以說是我們根據某些線索追蹤穆時英的長篇小說，在此過程中不斷有所發現、有所收穫的結果。我們最初只想找《中國行進》，無意於編這樣的全集，後來卻意外地形成一發而不可收的

局面。這或許就叫作「有意栽花花不發，無心插柳柳成蔭」吧！

既然編成了「全集」，我們也就樂於在書的最後部分附錄那些好不容易搜集來的前人對穆時英回憶、評論的文章，作為史料留存。其中有幾篇是日本作家在侵華戰爭時期發表在日本《文學界》上的文字，也由李今女士請李家平先生將它們譯成了中文。我們相信，附錄所有這些資料，對於廣大讀者、研究者，都將是一種方便。

我和李今女士在編輯這部「全集」時，得到多方面的幫助。穆時英發表在香港《星島日報》上的文字是現就讀於香港中文大學的博士生張詠梅小姐提供的。另外，在這些資料的照相、還原、複印等方面，得到了上海辭書出版社王有朋、何香生先生，北京圖書館邊延捷女士的熱情協助，我們謹在此致以深深的敬意和謝意。

1997 年 3 月 18 日

京派小說與現代主義 [1]

一說起中國的現代主義，人們自然會想到 20 世紀 30 年代的新感覺派 —— 海派小說的一支。的確，劉吶鷗、穆時英、施蟄存等海派作家在擴大引進現代主義並做出多種多樣的開拓創新方面，真是功不可沒。

但是，對海派現代主義的重視和研究，卻是以京派現代主義的被遺忘為代價的。

現代主義並非海派的專利。京派作家其實在現代主義方面同樣做過許多實驗，而且取得了可喜的成績，只是至今人們沒有注意到而已。

京派作家小說中最早出現某些現代主義成分的，也許是廢名。他的《追悼會》、《桃園》等小說，確實融入了不少流動性意識片段。《追悼會》中，主人公北山為朋友臨時要他登台演說所苦，思緒飄忽不定，心情煩躁，既不能專心準備講演辭，又無心傾聽別人在台上演說，「若聽見，若聽不見」，常常發出無意識的罵聲，罵別人，也罵自己，「不能明白的意識出來追悼什麼」。小

1　載《藝文述林》第 2 輯，上海文藝出版社 1997 年 11 月出版。

説借意識或潛意識的流動，寫出特定情境中主人公繁亂的心境。

《桃園》中阿毛「坐在門檻上玩」一段，則以作者敍述的方式傳達出人物意識的流向：「阿毛用了她的小手摸過這許多的樹，不，這一棵一棵的樹是阿毛一手抱大的！——是爸爸拿水澆得這麼大嗎？她記起城外山上滿山的墳，她的媽媽也有一個，——媽媽的墳就在這園裏不好嗎？爸爸為什麼同媽媽打架呢？有一回一籃桃子都踢翻了，阿毛一個一個的朝籃裏揀！天狗真個把日頭吃了怎麼辦呢……」幾乎直寫人物的感覺和飄動的思緒。

廢名的小説語言還帶點現代派文學常有的通感味道，如《菱蕩》中：「水裏唧唧響——水彷彿是這一個一個的聲音填的！」《桃園》中：「阿毛睜大的眼睛叫月亮裝滿了。」《河上柳》中：「老爹的心裏又漸漸滋長起楊柳來了。」等。

但廢名的現代主義或許並不完全自覺。正像汪曾祺所説，廢名「運用了意識流。他的意識流是從生活裏發現的」。「廢名和《尤里西斯》的距離誠然較大，和吳爾

芙則較為接近。」[2]

　　京派作家中比較自覺地嘗試現代主義技巧的，也許是林徽因。她受佛洛伊德影響而創作的心理分析小說《窘》，令人不禁聯想到施蟄存那些同類小說——它們之間的相似處與不同點都很值得對照研究。而她的名篇《九十九度中》，則可以說就是 20 世紀 30 年代北平的「都市風景線」。小說寫了 99 酷暑下古都街頭同時發生着的五個故事：張宅老太太做七十大壽，酒樓專派挑夫送去豐盛的宴席菜餚，大兒子特意從上海趕來主持這個慶壽盛典，一時親朋滿座，熱鬧非凡；喜燕堂裏正在舉行婚禮，新娘阿淑卻為這場不幸的婚姻幾乎要尋死，她期待表兄逸九前來搭救，然而，「現在一鞠躬、一鞠躬的和幸福作別」；無所事事的盧二爺坐着自家的人力車到東安市場請兩個朋友吃飯，其中之一就是逸九，他心中也在思念着表妹阿淑，卻不知她正在被逼出嫁；盧家人力車夫楊三，因追索 14 吊錢而與賴賬的另一名車夫毆打，以致雙雙鋃鐺入獄；為張宅送菜的一名挑夫在街頭喝了不潔的酸梅湯，回家不久就嘔吐不止，暴病

2　《廢名小說選集·代序》，載《中國文化》1996 年 6 月第 13 期。

身亡，妻兒號啕大哭，求告無門。五組故事被作者完全打散後再糅合，借不同人物的內心活動或自由聯想，不斷變換着作品的視角，構成錯綜交叉的敍事網路，輔以電影蒙太奇的手法相互銜接——這種新穎的不斷由一個故事轉到另一個故事的迴旋式結構，也不免使人聯想起穆時英的《上海的狐步舞》和《夜總會裏的五個人》。一個短篇小說而能同時表現如此寬廣豐富的都市生活內容，令讀者不能不佩服女作家林徽因的藝術才能和宏大魄力。也許正是由於作品的成功和技巧的圓熟，李健吾評論這篇小說時，就讚不絕口地稱它為「最富有現代性」。[3] 汪曾祺也稱林徽因是「中國第一個有意識地運用意識流方法，作品很像弗‧吳爾芙的女作家」（《晚翠文談‧我是一個中國人》）。事實上，李健吾本人寫的長篇小說《心病》，作者承認是取法於弗‧吳爾芙的。

更應該受到重視的，是京派盟主沈從文的藝術趨向。他的大量小說創作自然是傳統形態者居多。但是，隨着沈從文接受精神分析和生命哲學影響的增長，他的小說同樣出現了現代主義成分。他本人曾說過「我願意

3　李健吾：〈《九十九度中》——林徽因女士〉。

在章法外接受失敗，不想在章法內得到成功」[4]，也說過以喬伊斯為取法對象的話。[5] 顯然，在 20 世紀 40 年代，沈從文自覺地進行着現代主義的實驗，其明顯標誌就是《看虹錄》的出現。

《看虹錄》是一篇象徵、抒情色彩都很重的心理分析小說。關於這篇小說，作者自己曾說過：「我將我受壓抑的夢寫在紙上。」[6] 作品通過男主人公一天之內的生活橫截面，表現對生命活力、愛情、女性美的追求，體現出對美的近於宗教的崇拜。從 20 年代末 30 年代初開始，沈從文便以生命的表現、禮讚為自己的職志。到《看虹錄》，作者更在小序中提出：「神在我們生命裏。」給予愛情、生命以直接的歌頌。所謂虹，正是美好事物和活潑生命的象徵。正像小說正文所說：「因為美，令人崇拜，見之低頭。發現美、接近美不僅僅使人愉快，並且使人嚴肅，因為儼然與神對面！」作品雖然有着相當重的象徵主義色彩，但主旨卻是清楚的：借男女微妙心

4　沈從文：《石子船·後記》。

5　凌宇：《從邊城走向世界》，19 頁，北京，生活·讀書·新知三聯書店，1985。

6　《水雲》，《沈從文文集》，第 10 卷，280 頁，廣州，花城出版社，1984。

理的表現，禮讚了生命和愛情。男主人公在夜的「空闊而靜寂」中，感情發着酵。他和女主人公的對話，都是話裏有話，言在此而意在彼，包含着表層的和內在的多種微妙的意義。客人口裏說着「怎麼捉那隻鹿」的故事，實際卻在用行動捕獲一份美好的愛情，或者說，「是用生命中最纖細的神經捉住了一個美的印象」。

有些研究現代主義的學者曾以浪子躑躅街頭和女性體態窺視為現代派文學通常的兩類內容（例如：張英進在美國《現代中國文學》雜誌上的文章）。我不能判斷這種概括是否準確。如果這種概括也有一定的道理的話，那麼，中國新感覺派作品中《夜總會裏的五個人》、《黑牡丹》等也許可算前一類，《白金的女體塑像》、《Craven "A"》則大概屬於後一類。京派作家沈從文的《看虹錄》，正是介乎海派作家穆時英《白金的女體塑像》和《Craven "A"》之間的一篇作品，它對女體的某些象徵性描述，實際上是和後者異曲同工的，雖然作品本身顯得更美，更為含蓄和抒情。

到此為止，我們還只討論了京派在現代主義實驗方面那些雖有貢獻卻還不算最重要的作家。

京派真正與現代主義關係最密切，成就也最顯著的

作家，是後起之秀汪曾祺。他對現代主義可以說進行了多方面的實驗。由於他年輕，登上文壇時已有較多西方現代主義作品翻譯過來足資借鑒（汪曾祺本人告訴我，1944年他就讀過維吉尼亞·吳爾芙的《浪》、《到燈塔去》等小說），加上西南聯大的環境，沈從文、卞之琳等師輩的指導切磋，尤其他自身的天分與努力，可以說兼得天時、地利、人和，因此，他成為京派作家現代主義實踐的最為出色的代表。

汪曾祺的現代主義小說，我們現在知道的有《復仇》、《小學校的鐘聲》、《綠貓》、《囚犯》、《禮拜天早晨》、《瘋子》等。他自己回憶說，20世紀40年代初他在西南聯大讀書時，曾經迷戀過現代主義作品，「喜歡追求新奇、抽象、晦澀的意境」，起先是吳爾芙、阿佐林，後來「有一個時期很喜歡A.紀德的作品，成天挾一本紀德的書坐茶館。那時薩特的書已經介紹進來了，我也讀了一兩本關於存在主義的書，雖然似懂不懂，但是思想是受了影響的」[7]。在這種情況下，他做過種種現代主義的實驗。正如穆時英曾經在30年代初同時寫過傳

7　汪曾祺：〈晚飯花集自序〉，《晚翠文談》，22頁。

統和現代兩種迥然不同的作品一樣，汪曾祺在 40 年代也有過兩支筆，同時寫作鄉土派的傳統小說和現代派的新型小說。

汪曾祺的現代派小說一個顯著特點，是字裏行間蘊蓄着豐富的意象和色彩，流動着詩的質素和意趣，顯露着作者過人的才華。《復仇》寫那位到處流浪、尋找仇人的主人公出場時，用了這樣的筆墨：

太陽曬着港口，把鹽味敷到塢邊的楊樹的葉片上。

海是綠的，腥的。

一隻不知名的大果子，有頭顱那樣大，正在腐爛。

貝殼在沙粒裏逐漸變成石灰。

⋯⋯

來了一船瓜，一船顏色和欲望。

一船是石頭，比賽着棱角。也許——

一船鳥，一船百合花。

深巷賣杏花。駱駝。

駱駝的鈴聲在柳煙中搖盪。鴨子叫，一隻通紅

的蜻蜓。

慘綠色的雨前磷火。

一城燈！

嗨，客人！

客人，這僅僅是一夜。

你的餓，你的渴，餓後的飽餐，渴中得飲，一天的疲倦和疲倦的消除⋯⋯你一定把它們忘卻了。你不覺得失望，也沒有希望。你經過了哪裏，將去到哪裏？你，一個小小的人，向前傾側着身體，在黃青赭赤之間的一條微微的白道上走着。你是否為自己所感動？

又如《小學校的鐘聲》裏的幾段文字：

瓶花收拾起枱布上細碎的影子。磁瓶沒有反光，溫潤而寂靜，如一個人的品德。磁瓶此刻比它抱着的水要略微涼些。窗簾因為暮色渾染，沉沉靜垂。我可以開燈。開開燈，燈光下的花另是一個顏色。開燈後，燈光下的香氣會不會變樣子？⋯⋯

天黑了，我的頭髮是黑的。黑的頭髮傾瀉在枕

頭上。我的手在我的胸上，我的呼吸振動我的手。我念了念我的名字，好像呼喚一個親昵朋友。

小學校裏的歡聲和校園裏的花都溶解在靜沉沉的夜氣裏。那種聲音實在可見可觸，可以供諸瓶几，一簇，又一束。

作者彷彿用富有魔力的眼睛和心靈，感受着生活中的一切，目光所觸之處，點石成金，轉化成了詩句。有人稱之為「幾乎是意象派詩人的筆調」，似乎不無道理。

汪曾祺小說的另一個特點，是意識流運用的圓熟和自然。他筆下的意識或潛意識的流動，讀起來既不艱澀，也沒有人為做作之感，而且能通篇堅持統一的內心視角，貫徹到底。例如《禮拜天早晨》，從「洗澡實在是很舒服的事」開頭，意識便跑開了野馬，扯到「有什麼享受比它（洗澡——引者）更完滿，更豐盛，更精微的？——沒有。酒、水果、運動、談話、打獵，——打獵不知道怎麼樣，我沒有打過獵……沒有比『浴』這個字更美的了。多好啊，這麼懶洋洋的躺着，把身體交給了水，又厚又溫柔，一朵星雲浮在火氣裏」。——簡直忘乎所以。忽然驚覺地自問：「我什麼時候來的？

我已經躺了多少時候？」「記住送衣服去洗！再不洗不行了，這是最後一件襯衫。今天郵局關得早，我得去寄信。」因為是禮拜天，又想到了「教堂的鐘聲」，想到了抽煙，想到了「把一個人的煙捲澆上水是最殘忍的事」。當困倦逐漸襲來時，「我的身體已經離得我很遙遠了」，腦子像「害過腦膜炎抽空了脊髓的癡人的，又固執又空洞」。接下去，從「垂着頭，像馬拉」，竟下意識地想到「馬拉的臉像青蛙」。讓人感到無比真實和親切。與汪曾祺筆下的意識流相比，郭沫若、林如稷、廢名、穆時英的意識流小說，都顯得或生硬幼稚，或拘謹局促，欠完整，欠充分，真所謂小巫之見大巫。可以說，到了汪曾祺手裏，中國才真正有了成熟的意識流小說。甚至與 20 世紀 80 年代中國作家許多意識流小說相比，汪氏作品也顯得更為圓熟些。

汪曾祺小說的再一個特點，是能進入現代派文藝的內核，寫出現代人那種孤獨感。從這個意義上說，汪曾祺的現代主義小說可謂形神兼備：不僅形似，也有了神似。《綠貓》這篇小說的主旨，就體現在核心意象——無中生有的綠貓身上，它實際是現代人孤獨感的象徵。作品在大故事中套了這樣一個小故事，特意用來點題：

柏的《綠貓》，要寫的，是一個孩子，小時極愛畫畫，可是大家都反對他。反對他畫畫，也反對他畫的畫。有一回，他畫了一個得意傑作，是一頭貓。他滿腔熱望，高高興興的拿給父親看，父親看也不看。拿給母親看，母親說：「作算術去！」拿給圖畫老師看，圖畫老師不知道生了什麼氣，打了他十個手心，大罵他一頓：「哪有這樣的貓？哪有這樣的貓！」他畫的是個綠貓。畫了輪廓，他要為貓着色，打開顏色盒子，一得意，他調了一種綠色，把他的貓塗成了綠的。長大了，他作公務員，不得意。也沒有什麼朋友，大家說他乖僻。他還想畫畫，可是畫不成，亂七八糟的塗得他自己傷心。他想想毛某（今譯毛姆——引者）的《月亮和六便士》更傷心。到後來他就老了。人家送他一個貓。貓，人家不要養了，硬說他喜歡貓，非送給他不可，沒有辦法，他就收養了。他整天就是抱着他的貓。有一天，他忽然把他的貓染成了綠的。看到別人看到綠貓的驚奇樣子，他笑了。沒有兩天，他就死了。

這是一顆多麼孤獨的靈魂，一顆完全不被理解的靈

魂。如果說廢名、沈從文作品已表現出相當濃重的孤獨、憂傷（《桃園》中的阿毛永遠由孤單而清涼的月光相伴，《邊城》中的翠翠也許永遠等待下去），然而還頗帶傳統意味的話，那麼，汪曾祺筆下的孤獨感卻是真正現代的。因而這種孤獨和不被理解就很令人顫慄。《禮拜天的早晨》中的主人公，通過對時間的體驗，還提出了人本身存在的意義與價值的懷疑——雖然這懷疑又是不肯定的。

汪曾祺從他前輩那裏有着多方面的吸取借鑒：從廢名那裏吸取語言的跳躍和詩意，從沈從文那裏借鑒作品的象徵暗示和情趣，從紀德和意象派詩人那裏參用意象的組合，從弗·吳爾芙、普魯斯特，也許還有阿佐林、勞倫斯那裏學習意識流……從某種意義上說，汪曾祺是京派作家現代主義實驗的集大成者。

人們也許會奇怪：京派這個曾經與海派發生過對立和爭論的文學流派，怎麼也會實驗起現代主義來？

一個答案是：在 20 世紀，特別在它的前半期，西方現代主義文學曾經以其對資本主義的叛逆性和藝術上的先鋒性而產生過廣泛的影響。京派中的許多作家，如廢名、林徽因、蕭乾、卞之琳、李健吾、凌叔華，都曾

就讀於大學外文系，直接研習過歐美文學；他們對西方現代派的熟悉和了解，並不亞於海派作家劉吶鷗、施蟄存、穆時英、葉靈鳳。以廢名為例，20世紀20年代他就譯過波德賴爾的散文詩《窗》，也讀過喬治‧艾略特《弗洛斯河上的磨坊》一類心理分析小說，對象徵暗示、意識流等手法都是熟知的。即使在40年代的戰爭環境中，中國一批作家、翻譯家也還將吳爾芙、紀德、薩特、普魯斯特、阿索林等西方現代派作品翻譯介紹過來[8]。這就使一部分京派作家有可能自覺不自覺地接受西方現代主義文學的影響。

更重要的答案是：京派作家雖然處在工業落後的半殖民地中國，卻也和西方現代派作家一樣，面對現代城市文明帶來的種種困擾，他們在處境上很有些相同或相似之處。資本主義本身的混亂和弊病，拜金主義對正常人性的扭曲以及道德的墮落，現代物質文明造成的人的異化以及強烈的孤獨感，尤其是兩次世界大戰帶給人類的巨大災難和痛苦，所有這些，都使作家們重新思考人的存在狀態和生命的存在形式。用沈從文的話來說，便

8　在這方面，卞之琳、蕭乾、盛澄華、馮亦代等有很大功績。

是現代文明使鄉民「失去了原有的樸素、勤儉、和平、正直的型範⋯⋯變成了如何貧困與懶惰」[9]。於是，京派作家也嘗試用相似於西方現代派的方法來表現人在精神上的苦惱和困擾。而京派作家本身所具有的來自鄉村與下層的文化自卑感，這時便可能更容易轉化為鄉村在精神上的某種優越感，有助於他們在作品中去創造不同於西方現代派作品的優美心境。

種種事實表明：京派並不像有些人理解的那樣從根本上和海派相對立。它只是反對海派作家的某種商業化傾向，而在文學現代化乃至使文學具有民族特點方面則是和海派互補，並且殊途同歸的。

1997 年 2 月 9 日寫畢於北大中關園

9　《邊城・題記》

《微神》：老舍的心像小説 [1]

《微神》是老舍小説中非常特別的作品。很多人最初讀的時候，都會產生驚異：「咦！老舍還寫過這樣的小説呀？」這一印象不是隨便得出的。因為，老舍平常不專寫愛情題材的小説，用他自己的話來說，他「在題材上不敢摸這個禁果」，「差不多老是把戀愛作為副筆」[2]。而《微神》卻是地地道道的愛情故事，與老舍許多作品不同，這是一。二是《微神》的寫法特別。老舍絕大多數作品是寫實主義的，像《貓城記》那種象徵諷喻性的作品只屬於個別事例。而這篇《微神》，卻做了許多新的探索，比《貓城記》還走得遠些，它是帶有較多現代主義色彩，有些筆墨甚至相當費解[3]的作品。這兩點加在一起，就給人新鮮的感覺、異常的感覺。

《微神》同時又是老舍很喜愛的作品。他曾自編過一本短篇小説選集，就以這篇小説命名。作者在序言中

1　原載《中國文化研究》1995 年冬之卷 。

2　〈老牛破車·我怎樣寫《二馬》〉。

3　如小説中「它和『山高月小，水落石出』，是我心中的一對畫屏」，至今筆者尚未通解。

明確表白：「名之曰《微神集》者⋯⋯是因為它是我心愛的一篇。」[4]曹禺1986年11月8日在民族文化宮的座談會上，也對日本教授伊藤敬一說過這樣一番話：「我憶起當年與老舍先生一同訪問時，偶而問老舍先生說：『你寫的很多作品裏寫得最好的是哪一個？』老舍先生說：『是《微神》。』我記得他確是這麼說過。」[5]作者自己為什麼那麼喜愛？據老舍摯友羅常培抗戰時期寫的〈我和老舍〉一文透露，《微神》取材於老舍自己初戀的經歷，熔鑄着作者青少年時期「情感動盪」的諸多體驗。羅常培在文中回憶道：

> 假若我再泄露一個秘密，那麼，我還可以告訴你，他後來所寫的《微神》，就是他自己初戀的影兒。⋯⋯有一晚我從騾馬市趕回北城。路過教育會想進去看看他，順便也叫車夫歇歇腿，恰巧他有寫給我的一封信還沒有發，信裏有一首詠梅花詩，字裏行間表現着內心的苦悶。（恕我日記淪陷北平，原詩已經背不出來了！）從這首詩談起，他告訴了我兒時所眷戀的對象和當時情感

4　〈微神集序〉。《微神集》，晨光出版公司1947年4月出版。

5　伊藤敬一：〈〈老舍文學私論〉和〈「微神」與老舍文學〉兩篇論文的後記〉，東京大學《外國語科紀要》第34卷第5號。

動盪的狀況。我還一度自告奮勇地去伐柯，到了那兒因為那位小姐的父親當了和尚，累得女兒也做了帶髮修行的優波夷！以致這段姻緣未能締結……[6]

一般說，初戀往往包含着十分值得珍惜的純真感情，這種感情如果經歷一段時間的反覆孕育而發酵，就有可能寫成很真摯感人的作品。老舍的《微神》正是經過感情長期發酵和意象反覆孕育的產物。作者在 1936 年寫的《我怎樣寫短篇小說》一文中，就把《微神》歸入精心創作、精心修改的一類，說是：「經過三次的修正；既不想鬧着玩，當然就得好好幹了。」這種浸透着作者感情體驗，又凝結着作者藝術心血的文字，老舍當然會對它懷有特殊感情了。

那麼，《微神》是什麼樣的作品呢？

我認為《微神》是一篇充滿純情和詩意的心像小說。借用小說中一句話，它是作者「自然而然地從心中滴下的詩的珠子」。

《微神》發表在 1933 年 11 月《文學》第一卷第四期上，收入 1934 年 9 月良友圖書公司出版的老舍第一本

6　　羅常培：《我與老舍》，1944 年 4 月 19 日昆明《掃蕩》副刊。

短篇小說集《趕集》。按照作者〈我怎樣寫短篇小說〉一文所說的情形來推算，這篇小說的寫作時間約在 1933 年的春末夏初。那時老舍正在青島齊魯大學教書。他在這個時期編寫的《文學概論講義》最後一講〈小說〉中，曾經說過這樣一段話：

　　小說的形式是自由的……它可以敍述一件極小的事，也可以陳說許多重要的事；它可描寫多少人的遭遇，也可以只說一個心像的境界，它能採取一切形式，因而它打破了一切形式。[7]

　　所謂「只說一個心像的境界」，可以說就是老舍的「夫子自道」。這是理解《微神》的鑰匙。

　　《微神》在《文學》上發表時，題目是一個英文詞 —— "Vision"。收入《趕集》時才改成現在的題目，實際上只是原詞的音譯（如有含義，釋為「微微出神」，可較近於作者原意）。"Vision" 的意思是幻景、幻象、心像或幻想。這個題目就點出了小說本身的特點，說明作品是在表現一種心像或幻景的。不但夢境屬於心像的延伸，即使「夢的前方」也是一種象徵化的心像，整篇

7　老舍：〈文學概論講義〉第十五講，《老舍文集》第 15 卷，人民文學出版社 1990 年版，第 155 頁。

作品都是通過現實和夢幻交錯，來展現一個內心的甚至是下意識的境界。作者竭力捕捉由一次悲慘的初戀所留下的不可名狀的情緒，並且把它富有詩意地表現出來。

小說開篇，通過「我」一無所思地靠在坡上曬太陽，用散文詩一般的語言，寫了春天四野的景色：「燕兒們給白雲釘上小黑丁字玩」；柳枝輕擺，「像逗弄着四外的綠意」；「柳枝上每一黃綠的小葉都是聽着春聲的小耳勺兒」；雁羣的北飛使「我」相信，「山后的藍天也是暖和的」。似乎一切都安寧、明朗而富有生機，令人微微沉醉。然而，一片明媚春光中，又不斷透露出一絲絲悲涼的意味，使讀者漸次產生不祥的預感。請看：時令是清明節 —— 祭祀掃墓的日子；蝴蝶、蜜蜂，都是些生命十分短促的小昆蟲；常被用來形容少女的海棠花，也是那麼容易凋謝；「石凹藏着些怪害羞的三月蘭」，又是那麼嬌弱；「沒長犄角就留下鬚」的小白山羊，連叫聲也「有些悲意」，它「向一塊大石發了一會兒愣，又顛顛着俏式的小尾巴跑了。」幽默中混合着哀憐。連白雲、小燕、雁們這些流雲和候鳥的意象，也都使人聯想起某種沉重的思念。我們漸漸感到，這些景物描寫中，似乎都包含着一番深層的象徵意味，作者將要告訴讀者的，會是一

則悲慘的故事。濃濃的詩意，寄託着淡淡的哀愁。氣氛的烘托，到下面這段文字，便趨於初步完成：

　　春晴的遠處雞聲有些悲慘，使我不曉得眼前一切是真還是虛，它是夢與真實中間的一道用聲音作的金線；我頓時似乎看見了個血紅的雞冠：在心中，村舍中，或是哪兒，有隻──希望是雪白的──公雞。

　　這完全是幻象的象徵性表現，它在小說中具有結構學上的意義，是一種轉折和點題。從此，小說即將由實轉虛，由實景描寫轉向心像表現（包括下文「夢的前方」和夢境）。遠處「有些悲慘」的雞叫聲，當真就成了「夢與真實中間的一道用聲音作的金線」。而在「我」心目中「希望是雪白的」那隻公雞和它的「血紅的雞冠」，隱隱便是純潔愛情及其悲慘結果的象徵。

　　小說第二部分「夢的前方」，寫「我」由長期思念而生出的心中幻象，更富有象徵意味。其中佔核心地位的是那個「不甚規則的三角」圖形。這是「我」在朦朦朧朧，「閉上了眼」、「離夢境不遠」時出現的。「說也奇怪，

每逢到似睡非睡的時候，我才看見那塊地方」──表明這個三角圖像已深深揳入「我」的潛意識中。然而，正是小說的這個核心部分，恰恰最為費解。

「不甚規則的三角」，到底喻示或象徵着什麼？

答案存在於作品的暗示之中。在提到「夢的前方」之前，其實小說已有交代：「不大一會兒，我便閉上了眼，看着心內的晴空與笑意。」也就是說，「我」在朦朧中看到的，是自己那顆心，以及心中呈現的那些幻景。

我們不妨看看小說怎樣描寫這塊「不甚規則的三角」圖形：

> 這塊地方並沒有多大，沒有山，沒有海。像一個花園，可又沒有清楚的界限。差不多是個不甚規則的三角，三個尖端浸在流動的黑暗裏。……沒有陽光，一片紅黃的後面便全是黑暗。……

這番描寫表明，所謂「不甚規則的三角」，極像人體內的心臟。而在後文，作者又讓女主人公的魂對夢中的「我」說：

我住在這裏，這裏便是你的心。這裏沒有陽光，沒有聲響，只有一些顏色。

　　這就再一次明確無誤地暗示，三角形正是「我」內心境界的具象化。

　　隨着三角形的象徵內涵得到澄清，我們便可進一步考察它三個角上的具體圖像（實即「我」內心世界中三個片段的幻景）所包含的意義。

　　「我永遠先看見」的一角，當為三角形居中的最接近「我」視線的一角，那裏「是一片金黃與大紅的花，密密層層」，在季節上似乎正當盛夏。奇異的是：「黑的背景使紅黃更加深厚，就好像大黑瓶上畫着紅牡丹，深厚得至於使美中有一點點恐怖。」

　　其餘兩個角的景象：「左邊是一個斜長的土坡，滿蓋着灰紫的野花，在不漂亮中有些深厚的力量，或者月光能使那灰的部分多一些銀色，顯出點詩的靈空；但是我不記得在哪兒有個小月亮。無論怎樣，我也不厭惡它。」這土坡上長滿「似乎被霜弄暗了的」「灰紫的野花」，令人聯想到秋天。「右邊的一角是最漂亮的，一處小草房，門前有一架細蔓的月季，滿開了單純的花，全

是淺粉的。」淺粉色月季花的出現，當然喻示着春天。

接着，小説有這樣一段重要的提示：

> 設若我的眼由左向右轉，灰紫、紅黃、淺粉，像是由秋看到初春，時候倒流；生命不但不是由盛而衰，反倒是以玫瑰作香色雙豔的結束。

這就點出，「時候倒流」的三個角上的花與圖像，實際象徵着女主人公生命「由盛而衰」的三個段落，它們的時間順序應該是：淺粉→紅黃→灰紫。也就是説，小草房前的淺粉色月季代表「最漂亮的」少女時期；居中一角密密層層的金黃與大紅的花，代表女主人公走向淪落或墮落因而「美中有一點點恐怖」的盛年時期；而凄清的月光下「斜長的土坡」「滿蓋着灰紫的野花」，則喻示着不久之後女主人公悲慘死去的結局。所謂「斜長的土坡」，實即墳墓，它是一般人不願意見到的，「我」卻由於對女主人公的感情，「無論怎樣也不厭惡它」。至於三角中間「一片綠草，深綠、軟厚、微濕」，那是生命的象徵，是通向三個尖角（生命的三個段落）的出發點。整個三角形喻示着：在「我」心中，女主人公的種種音

容笑貌難以忘卻，有關她一生幾個段落的景象常常浮現出來，或者反覆入夢。足見一場悲慘的初戀給「我」留下的印象之深。

這樣，我們終於弄清了神秘的「夢的前方」——「一個鬼豔的小世界」所包含的象徵意義。

《微神》採用現實與夢幻交錯敍寫的方法。在鋪敍了第一個回合的實景與夢幻之後，小說借夢境中「我的心跳起來了！……因為我認識那隻繡着白花的小綠拖鞋」一句話作為引子，又把讀者帶回到初戀的現實追憶之中。「那一會兒的一切都是美的。」「我們都才十七歲。我們都沒說什麼，可是四隻眼彼此告訴我們是欣喜到萬分。我最愛看她家壁上那張工筆百鳥朝鳳；這次，我的眼勻不出工夫來。我看着那雙小綠拖鞋；她往後收了收腳，連耳根兒都有點紅了；可是仍然笑着。我想問她的功課，沒問；想問新生的小貓有全白的沒有，沒問；心中的問題多了，只是口被一種什麼力量給封起來，我知道她也是如此，因為看見她的白潤的脖兒直微微地動，似乎要將些不相干的言語咽下去，而真值得一說的又不好意思地說。」「站得離我很近，幾乎能彼此聽得見臉上熱力的激射，像雨後的禾穀那樣帶着聲兒生長。」這

些追憶和描述，把「五四」以前受舊禮教嚴重束縛的少男少女們的初戀心理，表現得極其真切傳神。時代的不成熟、父權的逼迫，以及主人公本身性格的弱點，種種因素加在一起，終於釀成了一出婚戀悲劇：在「我」遠去海外數年之後，女主人公成了暗娼。即使「我」回國後「託友人向她說明，我願意娶她」，為時也已太晚，得到的只是「她的幾聲狂笑」，不久更傳來了她的死訊。據羅常培回憶，老舍初戀的女友只是隨父出家，其結局並沒有這樣慘。想必是過去年代無數下層女子的悲劇命運感染過作者，形成他特有的文學良知，影響了小說的構思，使老舍做出目前這樣的藝術概括。我們從眼下的《微神》故事中，無疑讀到了更高的時代真實，以及作者通過小說寄寓的對廣大婦女苦難命運的深厚同情。

第二回合的夢境描述中，頗有一些藝術上極見功力的文字。作者運用荒誕手法寫夢境，詭異活潑，靈動飛揚，讀來令人拍案叫絕。如：

> 我正呆看着那小綠拖鞋，我覺得背後的幔帳動了一動。一回頭，帳子上繡的小蝴蝶在她的頭上飛動呢。她還是十七八歲時的模樣，還是那麼輕巧，

像仙女飛降下來還沒十分立穩那樣立着。我往後退了一步，似乎是怕一往前就能把她嚇跑。這一退的工夫，她變了，變成了二十多歲的樣子。她也往後退了，隨退隨着臉上加着皺紋。她狂笑起來。我坐在那個小杌上。剛坐下，我又起來了，撲過她去，極快；她在這極短的時間內，又變回十七歲時的樣子。在一秒鐘裏我看見她半生的變化，她像是不受時間的拘束。

到夢收尾時「我很堅決，我握住她的腳，扯下她的襪，露出沒有肉的一支白腳骨」，終於女方聲稱「從此你我無緣再見」。在這些描述中，神奇的想像力自由馳騁，卻又緊緊遵循着感情和性格的邏輯，有時並且和傳統的審美習慣相融合，使夢境描寫獲得了最佳的藝術效果。可惜的是，作者在這一回合的夢境描寫中安排了過多的大段對白，讓女主人公的魂魄託夢陳述小半生經歷，不免顯得累贅，也與此夢開場時的靈動灑脫多少有點不諧調，這或許算是本篇的一點美中不足吧。

《微神》的故事使人想起「二戰」後的西方影片《魂斷藍橋》。然而《微神》在藝術表現上卻用了較《魂》片

遠為平靜的態度來敍述。小說家汪曾祺曾說：「我以為小說是回憶，必須把熱騰騰的生活熟悉得像童年往事一樣，生活和作者的感情都經過反覆沉澱，除淨火氣，特別是除盡感傷主義，這樣才能形成小說。」[8] 老舍的《微神》可以說就是這樣的作品。精美的結構、純淨的情思、奇妙的心像、詩樣的語言，處處都證實它正是「生活和作者的感情都經過反覆沉澱」的藝術結晶。

1990 年 10 月初稿，1995 年 8 月修改定稿

8　《晚翠文談・橋邊小說三篇後記》。

子規聲聲鳴，竟是泣血音[1]

—— 評《摯愛在人間》

　　讀完竹林獲「八五」期間全國優秀長篇小說獎的《摯愛在人間》(華夏出版社1998年第2版)，我耳際彷彿總有子規鳥泣血啼叫、催人早歸的聲音在隱隱迴響，久久不絕。

　　這是海峽兩岸無數骨肉分離的悲愴故事中的一個。女主人公林男從襁褓時起，父親就到了台灣，母親也不知去向，她成為經常遭姑姑白眼的孤兒，連正常的衣食都成問題，渴望一嘗的那種「桔子形軟糖」更是夢幻中才能享有的奢侈品。雖然得到一位好心的奶奶(亦非親的)呵護，童年時代心靈與肉體均已飽受創傷。生父尋覓到她時，她已是一位歷盡磨難、年交不惑的作家了。命運對她更加不公的是，父女間四十載分離方慶重逢，轉眼竟又成永訣。小說並無重大情節，只敘述了女主人公與生父的三次相聚，綴以過去生活的若干回憶，卻寫得悲愴感人，令讀者迴腸盪氣。

1　載《文藝報》1998年8月25日。

小説中的父女倆各有自己突出的個性。如果說「命運是位強大的暴君」，那麼，林男和她的父親就都是命運的不屈反抗者。不同的是，林男外表柔弱，從小卻有志氣，堅韌不拔，在追求人生理想、實現創作宿願方面尤其顯示出超凡的毅力。面對權勢者的專橫壓制，「她想她不能被埋葬……哪怕肉體的生命化作灰燼，也要在這個世上留下靈魂的呼叫」。她終於「依靠自己的力量，走過了生命旅途中最黑暗的一段夜路」。她在市報記者面前坦誠剖白自己「心靈的怯懦」，強烈地撼人心魄，顯示了她的有勇有識。她的生父周秀則剛強正直，勇於承擔，是位歷經萬千磨難而沒有倒下的錚錚鐵漢。他熱愛故土和親人，待人真摯到近乎天真的地步。對子女雖有點家長式的嚴厲專斷，常把 40 歲的女兒當作 14 歲的孩子管教，其中卻又深藏着一份偉大的父愛以及對他人的寬容。周秀最後一次在寒冷的冬天飛臨大陸，就是專為給女兒透風的房間裝釘禦寒的門簾和窗簾；他自知身患絕症，來日無多，竟然不顧一切地「買了四張飛機票」，帶上水泥釘，輾轉數千里來到女兒住地，親手把一條條毛毯、棉毯改造成為簾子，盡一份自己的愛心。女兒穿針眼，老父動手縫，小説通過林男的眼睛和感受，為我

們繪下了無比溫馨感人的一幕：

這是怎樣的快樂啊！柔和的燈光下，舔濕了潔白的線，潤潤地撚細了，送進幽微閃亮的針眼，穿過去，輕輕一扯——便牽扯出來，這一絲一縷，帶着綿長的纖細的柔情，綿長的童年的記憶，還有綿長的小兒女的撒嬌和稚情。

這是老父愛女兒之心的動人體現，也是人間至情織就的美好的詩。

構成《摯愛在人間》藝術特色的，乃是通過林男的遭遇和感受而抒發的大量如絮語般的心靈獨白式的文字。這些心靈獨白和剖析，凝聚着女主人公數十年受折磨的深切體驗，是孤獨的靈魂發出的反抗命運的呼叫，它既如電影中的蒙太奇，將現實場景和歷史追憶連接，又為小說增添了許多詩的質素。林男在生活中，「不是用眼睛在看，而是用全副心靈，去探求去感受，去體味去追捕的」，因而容易發現特定情境中的詩意，轉化為心靈的傾訴。如首章寫女主人公在虹橋機場等待父親的到來，由於時間過久，竟產生了焦慮：「她覺得已經有一百年過去了。」「當一個現實的、活生生的爸爸真的向她宣告他的存在的時候，她總覺得，這個存在還是飄

飄的一陣風，遠遠的一團誘惑。如果她向他走近，他就消失掉了。」行車途中，林男面對父親，回憶往日的屈辱艱辛，也時時發出這類獨白，「樹啊樹，你讓我在你懷裏靠一會兒，只一會，一小會⋯⋯我太累了，走不動了」。「爸，爸爸。雨為大地而降；我的淚為你，為了你快要流乾 —— 為了尋覓你，我付出的絕不僅僅是眼淚的代價。」這些獨白和傾訴，發自主人公的內心深處，又是那樣真摯而富於詩意，因此激起讀者強烈的共鳴。

竹林曾說：「在有些作家筆下，小說是淙淙的流水，而在有些作家筆下，小說是殷殷熱血。血未必比水賞心悅目，卻能凝聚起一個不死的精靈，遊蕩在時代的大潮之中。」《摯愛在人間》也許可以說是兩種特色兼而有之的作品。如果說竹林過去的有些小說曾以內容厚重、筆墨絢爛和情節引人入勝而見長（如《女巫》、《嗚咽的瀾滄江》），到了《摯愛在人間》，則洗盡鉛華，返璞歸真，將濃濃的真情蘊蓄於素淡有致的筆墨之中。小說的敍事是那樣自然素樸，卻又那樣真摯蘊藉，彷彿有一種磁力在緊緊吸引讀者。全書一氣呵成，單純而又豐盈，流暢而又深刻，鋒芒銳利而又頗有節制，篇幅不長卻又厚實感人。雖說主要在寫個人遭際與親情鄉情，卻也時時透

露出大時代的某一側面，讀者可從中感受到 20 世紀 40
年代中國的混亂與動盪、屈辱與悲苦；隨後長達數十年
海峽兩岸骨肉的痛苦分離；特定體制下個人遭踐踏的可
悲命運；改革開放年代帶來的滄桑巨變，等等。不長的
一部小說，讀後卻讓人要用長長的時間去咀嚼思考。這
些都顯示作品在思想和藝術上到達了圓熟淳厚、幾乎爐
火純青的境界。

不是嗎？請讀讀小說結尾女主人公隔岸給逝世的父
親發出的電報吧：

爸爸，春草又綠了，彤管又紅了，我等你來給
祖母掃墓去。永遠等你。

「永遠等你」，這不是泣血子規的綿綿呼喚嗎？！
「永遠等你」，這不又是我們民族渴望重新團聚而共
有的悠悠心聲嗎？！

一本很有分量的現代文學論集 [1]

「五四」後的新文學在中國文學史上無疑佔有輝煌的一章，但在實際生活中卻常遭遇厄運。大陸十年「文革」期間，20世紀30年代文學就被當成罪惡的黑線，受到猛烈的攻擊和批判。而在海峽彼岸的台灣，這部分文學遭到禁止達數十年之久。

也許就因為這個緣故，施淑教授的中國現代文學論文集《理想主義者的剪影》令我分外驚喜。我驚喜於它出自一位台灣同行的筆下，更驚喜於它內容的厚實和見地的獨到。書中雖然只收了論胡風、端木蕻良、路翎等作家的五篇論文，卻因每篇探討得都很深入和扎實，而使全書具有沉甸甸的分量。這是一本在學術上呈現出鮮明特色並顯示了深厚功力的書。

施淑女士研究作家作品時，似乎總願意把自己的物件放到具體的歷史條件和寬廣的文化背景下考察。這種做法，無疑對作者本人在學識、功力上提出了更高的要求。〈理想主義者的剪影〉一文論青年胡風，就把主人

1　載台灣《新地文學》雜誌第4期。

公早年的文學思想和文學活動，放在「五四」以前到30年代中國社會、文化和文學思潮的廣闊背景上來研究。作者以胡風在〈理想主義者時代的回憶〉和長詩《安魂曲》中提到的某些材料為線索，深入追蹤下去，揭示出研究者通常不注意的內涵，這就增進了人們對胡風早年思想的了解。例如，胡風是否受過無政府主義的影響？書中通過路卜洵小說《灰色馬》對胡風引起感應的考察與分析，做了令人信服的肯定的回答。作者指出：「《灰色馬》表現的是一個恐怖分子的內心生活⋯⋯而胡風之被它吸引，主要該是那虛無暴烈的思想魅力所致，也就是他所說的『像漠漠的冰原似的又冷又硬』的感覺。」「可以說胡風只不過是拜時代之賜的一匹『灰色馬』而已，他之一方面感動於那帶着人道的微溫的無劫世界，一方面又被那掌握死亡權柄的灰色馬吸引，在根本上並無抵觸。從這表現在精神上的雙重性質，我們找到了青年期的胡風的內心生活實況，而他之所以有這樣的發展，與20世紀初無政府主義思想在中國的傳佈有密切關係⋯⋯」（33—34頁）這些中肯深刻的論述，無疑充實、豐富了胡風研究以至現代思想史的研究。論世方能知人。正是由於聯繫了具體的歷史環境和豐富的文化背

景，早年胡風的思想才勾畫得如此準確和一目了然。這種知人論世的研究方法，可以說構成了本書的一個重要特色。

施淑女士這本論文集的另一個特色，是社會學批評和審美批評的緊密結合。封底上曾這樣介紹本書：「作者嘗試以文學社會學方法，探討『五四』新文學運動後，中國知識階層的思想分化及 20 年代以後國際新興文學思潮，對中國左翼作家的創作實踐、思想取向及批評觀念的影響。」大陸的年輕讀者可能由此產生一種誤解，以為這又是一種庸俗社會學。其實，文學社會學方法和庸俗社會學是根本不同的兩回事。庸俗社會學是脫離文藝的審美特徵、不顧作品藝術成就的高低而做出的一種淺薄、僵化的批評。真正的文學社會學方法卻永遠是需要的。在施淑女士這本書中，無論是對胡風、端木蕻良作品的研究也好，或是對路翎、卡夫卡的評論也好，社會學方法的運用，都是透過了審美批評的方法，而且以作品的實際藝術成就為依歸的。如評論路翎的中篇《卸煤台下》時，作者說：「這篇四萬多字的小說，透過推煤工許小東悲憤痛苦的生涯，深刻有力地表現一個黑暗的勞工世界裏的階級感情，以及萌芽中的勞動階級意

識。……」這裏的社會學批評，就是和審美批評完全結合着的。〈論端木蕻良的小說〉一文，則通過作者富有才氣的獨到的審美把握，展開對端木蕻良作品的剖析。在指出端木小說具有「一種詩似的把捉力」，「在當時的小說創作中似乎無出其右」之後，作者摘引了長篇《大地的海》中幾段生動描述農民心理和氣質的文字，並且評述道：

> 他們（指農民 —— 引者）就是這樣的，因此若有一個人在傷心，在他的胸膛裏一定可以聽見「心的一寸一寸的碟裂聲」，如在哭泣，滴落的淚水也會「透出一種顫動的金屬聲」。而年老的祖父，「可以坐在篝火前和死去整整十年了的祖母，叨叨咕咕的談上一個夜晚」。再有比這些更親密更了解的文字來形容大地及其子民麼？再有比這些描述更能構造人類素樸的、然而也是雄奇的形象嗎？恐怕是很少可能的了。

前面的分析加上農村在歷史中形成的階級病態，是端木蕻良對於「吾土吾民」的整個理解，也是《大地的

海》這部小說創作意識的基礎。……誰說農業大眾的意識活動只應是「簡單明瞭」的，而且只該用「簡單明瞭」的文字去表現？看，光是這麼一個單純的老農，不也這麼經得起「心理分析」嗎？他的形象、他的內在真實不是因為這些高度藝術性的文字而更為真實深刻的被捕捉了嗎？

從這些評述和分析，我們還能區分出哪些是社會學角度的，哪些是審美角度的嗎？很難。事實上，作者出色地把握和運用了盧卡契所說的歷史小說中「詩的蘇醒力」的論點，將作品的社會學分析完全建築在審美感受的基礎上，歷史的批評和審美的批評在這裏已經水乳交融，合而為一。這就經由藝術的觸角進一步保證了社會學分析的正確可靠。

《理想主義者的剪影》一書的又一個特色，是學風上的嚴謹、求實，不盲從、不武斷。作者注重充分佔有史料，立論儘可能從史料出發，獨立地做出判斷。〈中國社會主義文藝理論的發展（1923—1932）〉一文，就收集和參考了相當豐富的一批革命文藝理論材料，這在台灣和海外是很不容易做到的。史料佔有之後，作者客觀地、辯證地分析研究，勇敢地得出應該得出的結論，常

有閃光的真知灼見。例如，什麼叫「中國作風、中國氣派」，作者就不贊成表面看問題，她說：「端木蕻良小說的技巧和形式，就當時的標準說無疑是歐化的，但他在作品中大量運用的大眾語彙，其傳神及純熟是叫人驚奇的」，「光看他貫注於作品中的深摯的吾土吾民的情感，他的小說仍是地道的、有力的『中國作風、中國氣派』的表現。」這就是一個極精闢的見解。在文學大眾化討論這個問題上，作者與眾不同地肯定瞿秋白提出的「無產階級普通話」的主張，譽為「創造性的構想」。對於20世紀30年代初發生的「文藝自由論戰」，作者敢於實事求是地深入細緻地分析。施女士先指出：「以錢杏邨之批評文字與整個左翼文藝運動來看，胡秋原的批判是正中要害的。」接着又提出，胡秋原文章也不能自圓其說，正如瞿秋白所批評的：「最重要的是他要文學脫離無產階級而自由，脫離廣大的羣眾而自由。」施淑認為：瞿秋白「這段話抓住了處處以馬克思主義者自居的胡秋原的理論弱點」。但當瞿秋白由此繼續向前跨步，進而擴大對胡的批判時，又不能使人信服，施女士說：「證諸胡秋原的文章，（瞿）這些指責是勉強的，這只是迴避了對胡秋原提出的問題的正面回答。」她自己的看法

是：胡秋原、蘇汶的理論「代表 20 年代前後思想較進步的可是立場猶疑的文藝工作者的心理，他們與堅決反對無產階級文學的新月派不同，但又不能容忍左翼的跋扈」。根據這一觀點，作者充分肯定馮雪峰〈關於「第三種文學」的傾向與理論〉一文「具有里程碑的意義」，並指出瞿秋白在編譯馬克思主義文藝理論上的巨大功績。考慮到作者這些意見遠在 10 多年前（甚至更早）就已提出，這不能不益發引起我們對施女士的尊敬。此外，書中還有一些考證，也應該說頗為嚴密而有價值。如談到胡風早年在南京東南大學附中讀書時，作者說：「他結識幾個在人格上和思想上給他很大影響的朋友，其中他特別提到的是叫 W 君和 Y 君的兩個人，他說他們使他『更多地知道了更關切地觸到了社會』。根據胡風在人民共和國成立後，為紀念革命中光榮犧牲的同志所寫的長詩《安魂曲》，這兩個人可能是宛希儼和楊天真。」（11頁）此一推斷就完全合乎情理。

作為一個同行，我也願意乘此機會就兩個具體問題提出不同意見，與作者商榷。

一是創造社 1923 年文藝思想上的變化應該怎麼估計？我認為書中 168 頁上的評價明顯偏高。按照郭沫若

自己的説法，他稍有系統地接觸馬克思主義是 1924 年翻譯河上肇《社會組織與社會革命》之後，思想上的真正飛躍則要到「五卅」之後。施淑女士之所以偏高估計創造社那一年的變化，和相信成仿吾〈從文學革命到革命文學〉一文作於 1923 年有直接關係。其實，此文根本不可能寫於 1923 年 11 月，而只能寫於北伐之後的 1927 年 11 月，那是有文中「在青天白日裏找尋以往的迷離的殘夢」之類字句可以做證的。

二是對路翎作品，我以為指出「被虐狂的心理」等實屬必要，但苛求則應避免。《財主底兒女們》中的蔣少祖確曾説過，「至少，我並不比毛澤東能給得更少」；又説：「在呂不韋和王安石裏面有着一切史達林。」然而，這個蔣少祖畢竟是作者筆下要批判和否定的人物，他的思想絕不能等於路翎的思想。因此，説「路翎假口第二主角蔣少祖」如何如何，以此證明「路翎在追隨世界無產階級革命時自然是很痛苦的」（142 頁），這從道理上不能服人，也與事實不符。再者，教條主義與革命雖然有着某種聯繫，卻決不是一回事。在長篇小説中較早寫到了反對革命隊伍內部教條主義的內容，可能是路翎的貢獻之一。我們總不能把反對教條主義就看作是反

對革命，得出路翎在進行「針對無產階級革命」的「兩面作戰」的結論（145頁）。此外，現代中國作家受佛洛伊德影響者不少，路翎至多可算是第三代，因此，說「路翎是現代中國作家中最早的佛洛伊德門徒之一」，似乎也有些言過其實。

當然，這兩點都是細節性問題，並不影響《理想主義者的剪影》一書的總體價值。正因為這樣，在結束這篇讀後感的時候，請允許我為自己從這本論文集中得到的收穫與啟示，再次向我的台灣同行施淑教授表示敬意！

1990年8月18日於北京大學

唐弢先生對中國現代文學學科建設的貢獻 [1]

最近幾年對中國現代文學學科來說特別不幸，我們相繼失去了李何林、王瑤、唐弢三位前輩先生，支撐學科的三根台柱先後倒下，這給我們學科帶來了極為沉重的、無法彌補的損失。他們三位都是中國現代文學學科的第一批博士生導師。他們各有所長，共同對這個學科的建立和拓展做出了巨大的貢獻。李何林先生年歲最長，做的開拓最早，他的《近二十年文藝思潮論》在 20世紀 30 年代末問世，最先梳理了「五四」文學革命以後文學思潮發展的脈絡，新中國成立初年又有其他綱要性的著作。王瑤先生在 50 年代初寫成的《中國新文學史稿》，是當時資料最豐富、體系最完備的現代文學史，為這門學科奠定了根基，以後又為學科的建設繼續做出許多貢獻。唐弢先生既是中國現代文學史的重要研究專家和魯迅研究專家，又是一位優秀的作家，本身就是我們現代文學史的研究對象；在這點上，他和單純是文學

1　載《中國現代文學研究叢刊》1992 年第 3 期。

史家的前面兩位先生有所不同，這給他的研究工作帶來明顯的特點，使他為現代文學學科所做的貢獻也打上了獨特的印記。

唐弢先生早在 40 年代就打算獨自寫一本中國新文學史。從《晦庵書話》等著作看來，他似乎已做了一部分間接的準備工作。我總覺得，唐先生也許是寫中國現代文學史最理想的人選之一，因為他有豐厚的創作經驗、良好的理論和審美修養，又熟悉文壇狀況，歷史感很強，而且藏書豐富，文字漂亮。他的現代文學史如果寫出來，相信會是一部以新文學流派發展為主要脈絡（他自己曾多次這樣表示過）的好書。雖然唐弢先生並沒有能寫出這書，他只主編了三卷本《中國現代文學史》和一本《簡編》，但我認為，唐弢先生對中國現代文學學科的健康發展，做出了相當重大的有時甚至是決定性的貢獻。

有些同志可能都還記得 1961 年集體編寫中國現代文學史教材的情況。最初羣龍無首，進度非常緩慢。唐弢先生接受上下一致的要求擔任主編以後，為現代文學史的編寫規定了幾條重要原則：一、必須採用第一手材料。作品要查最初發表的期刊，至少也應依據初版或者

早期的印本，以防轉輾因襲，以訛傳訛。二、注意寫出時代氣氛。文學史寫的是歷史衍變的脈絡，只有掌握時代的橫的面貌，才能寫出歷史的縱的發展。報刊所載同一問題的其他文章，自應充分利用。三、儘量吸收學術界已有的研究成果；個人見解即使精闢，沒有得到公眾承認之前，暫時不寫入書內。四、複述作品內容，力求簡明扼要，既不違背原意，又忌冗長拖遝，這在文學史工作者是一種藝術的再創造。五、文學史儘可能採取「春秋筆法」，褒貶要從客觀敍述中流露出來。這些意見，除了第三點可予商討之外，大多起了很好的作用。當時「左」傾思想盛行，要整個扭轉很難。唐先生自己後來談到「以論帶史」還是「論從史出」那場爭論時，曾說：「我是主張『論從史出』的，我現在仍然認為：用馬克思主義作為指導思想是重要的……但對一個具體問題來說，還是要『論從史出』……當時討論的勝利者卻是『以論帶史』派。」（〈中國現代文學史的編寫問題〉）唐先生所以提起這件事，是因為他自己不大贊成現代文學史教材一上來就寫〈緒論〉，但周揚特別是林默涵同志主張要寫，於是只好那樣做。不過，唐先生提出的上述幾條原則，尤其是強調要採用第一手材料、強調要寫出

時代氣氛、強調「春秋筆法」這幾條，我認為不但對消除當時「左」的影響，而且對整個學科建設，都起了非常重要的作用。據我查考，研究現代文學必須採用第一手材料，這是唐弢先生在 1961 年首次提出的，在此以前大家比較忽視。且不說一些文學史著作中存在着把同一部作品因為有兩個名字就當成兩部作品這類現象；也不說一些教材編寫者由於未查原始材料僅憑想當然而對陳獨秀早年思想和胡適《沁園春‧新俄萬歲》這首詞做出錯誤判斷之類問題；只要考察一下 20 世紀 50 年代對郭沫若《女神》的研究狀況，就能更清楚地認識到強調採用第一手材料是多麼必要：到 1959 年紀念「五四」運動 40 週年時為止，幾乎所有的文學史或者單篇文章（包括我自己的文章）談到《女神》時，依據的都是後來的修改本而不是初版本，它們都在那裏說郭沫若在「五四」當時就怎樣歌頌無產階級革命導師馬克思、恩格斯和列寧，說郭沫若當時怎樣接受共產主義影響，等等。直到 60 年代初編寫現代文學史教材時找到《女神》的初版本，上述這種由於不接觸第一手材料，只是輾轉因襲所造成的毛病才真正糾正了過來。

　　唐弢先生因為喜歡搜羅各種版本，所以對第一手

材料特別看重。50年代末60年代初，他給社科院文研所現代文學進修生開必讀書目時，就開了不少文學期刊和綜合性文化期刊。這份刊物目錄我在60年代抄過來了。到1978年王瑤先生要我給北大研究生開必讀書目，我就參考了唐先生指定的刊物目錄並做了一些補充和調整，首次在作品和理論資料之外，開進了一批文學期刊（王瑤先生也很贊成）。所以，唐先生在編教材時規定的一些原則以及其他具體做法，雖然並沒有正式發表，實際上通過編寫人員和內部印出來的教材上冊，對中國現代文學學科產生了重要的影響，不但糾正了過去一些文學史由於不夠重視原始材料所發生的問題，而且在實際工作中防止和減少了許多「左」的簡單化的不實事求是的毛病。一直到唐先生晚年，仍始終堅持這種從原始材料出發的嚴謹、求實的學風。記得1989年末，我去看望他，他對我說：《求是》雜誌不久前給他送了一些材料，要他寫一篇評論「重寫文學史」的文章，他把那些材料看來看去，自己確實有一些不同意見，也對某些他認為不妥的觀點做了一些批評，但總覺得文學史可以有多種多樣的寫法，不應當也不必要定於一尊，所以他贊成「重寫文學史」，不同意給它扣上「資產階級自由

化」的帽子。編輯人員以為他沒有看那些材料，要他再看看，他說其實他都看了的，正因為看了才那樣寫。我覺得，這些都體現出唐弢先生一貫的精神。

總之，從學科指導思想上說，唐先生對中國現代文學學科建設確實做出了重大的貢獻。

當然，唐先生對中國現代文學學科的貢獻是多方面的。眾所周知，他對現代文學史一些重要方面，例如魯迅，從生平、思想、佚文考辨到文學創作，而創作又從魯迅的雜文、散文到小說乃至舊體詩，都做過深入浩繁的研究。他的這些成果極大地提高了魯迅研究的水平，構成整個中國現代文學學科裏一份異常寶貴的財富。唐弢先生還對「左聯」和 30 年代文學，對「孤島文學」和 40 年代的上海文學，對新文學接受的西方影響和繼承的民族傳統，對新文學的思潮流派，對新詩，對現代散文和雜文，以及對茅盾、曹禺、夏衍、馮雪峰、鄭振鐸、林語堂、錢鍾書、師陀等作家的作品，也都做過相當深入的研究和相當精闢的論述。至於中國現代文學史上一部分十分棘手的疑難問題，可以說只有像唐弢先生這樣學識淵博、掌故熟悉、功力如此深厚，藏書又如此豐富的研究家才能較好解決。譬如說，魯迅對斯諾的那

篇談話究竟是否可靠？為什麼會有那麼多難以理解的問題？為什麼談到的作家有好多我們今天都不知道以至根本難於查考？這些疑難問題到了唐弢先生手中，大多迎刃而解，而且解決得那麼圓滿，不能不令人驚異歎服。又譬如說，對近十年來國內外某些學者中間一個熱門話題——「五四」帶來了中國文化和文學的斷裂——究竟應該怎樣看？它包含着多少科學性？可靠程度到底怎樣？這是一個很大很複雜的問題。唐弢先生卻舉重若輕，在《西方影響與民族風格》一書的序中，用這樣一段話做了回答：

　　有人說，「五四」是一個否定傳統的「全盤西化」的運動，為首的是胡適。我以為這樣說不對，第一句是誤解，第二句也說得不夠準確。「五四」的確否定了一些傳統的文化和道德，但經過揚棄，它否定的只是應當否定的東西。並不如有些人所說，中國文化到這裏便斷裂了。恰恰相反，經過外來思想的衝擊，吸收新的血液，中國文化倒是有了更為健康的發展。正是「五四」以後，我們才有魯迅的《中國小說史略》和他的對於文學史的整理；

正是「五四」以後，我們才有郭沫若的《中國古代社會研究》和他的對於甲骨文的考訂；正是「五四」以後，我們才有胡適的《中國章回小說考證》和《中國哲學史大綱》；正是「五四」以後，我們才有錢玄同、劉半農的古代音韻和古代語言的研究。傳統文化在這裏得到發揚，「五四」文化是中國文化的一部分，是新的發展了的中國文化傳統，難道這還不夠清楚嗎？

真是言簡意賅，十分有力。具體到張愛玲這位作家究竟是誰最先發現的，是不是夏志清先生；彭家煌是否即彭芳草，兩個名字是否像有些工具書裏說的乃一個人 —— 這類問題 12 年以前我問過一些同行，都得不到答案，一問唐弢先生，他立即有根有據地回答了我，使我得到最滿意的答覆。這都證明，唐弢先生在現代文學資料的熟悉、功力的深厚上，是我們一般人難以企及的。

唐弢先生對中國現代文學學科，還有一個突出的貢獻，就是審美評價的精當、公允。文學史研究水平的高低取決於很多條件，其中很重要的一個條件，就是研究者本身要有藝術眼力，審美把握一定要準確、中肯。如

果藝術成就很高的作品我們卻講不出它的好處，那就是豬八戒吃人參果——白糟蹋東西。反過來，如果庸俗社會學的作品或藝術趣味很低的作品我們看不出來，也去胡亂吹捧，那同樣是一種失責。唐弢先生本身就是作家，藝術感覺極好，深知創作的甘苦，他談論作家作品，總是三言兩語就能抓住作家的風格特色和作品的獨特成就，把最有味道的地方傳達出來。像〈廿年舊夢話《重逢》〉一文中對《上海屋簷下》所做的藝術分析，〈我愛《原野》〉一文中對《原野》所做的藝術分析，〈四十年代中期的上海文學〉一文中對《圍城》女性心理刻畫所做的分析，都是那樣活潑、那樣傳神、那樣生動、那樣精到，有時簡直令人拍案叫絕。唐先生有時還喜歡用詩的語言或哲理性的語言，把自己的藝術感悟講出來，如用「大地一樣沉默和厚實」來形容《故鄉》裏的閏土，用「已經失掉踱進房裏去喝酒的資格，卻仍然不肯脫下那件又髒又破的長衫」來概括孔乙己，等等。可能這些說法通過中學語文教學現在已經很普及了，但我們不要忘記，這些精彩的語言都是唐先生勞動的心血。我以為，在審美評價的精當方面，唐先生在我們現代文學研究工作者中簡直可以說並世無二。

總之，唐弢先生對中國現代文學學科有傑出的建樹和多方面的貢獻。他是中國現代文學學科的奠基者之一。他的許多著作都值得我們深入學習和研究，重新閱讀和思考。現在，這個工作一時還來不及好好去做。上面說的這些，只是個人的幾點感想，或者也算是一個開始吧！

　　最後，請允許我再代表中國現代文學研究會說幾句話。研究會成立 12 年來，一直得到唐弢先生的熱情指導、關懷、幫助和支持。唐弢先生曾經親自參加過海南等地的年會。研究會辦的《中國現代文學研究叢刊》，從第一輯起就有唐先生的文章；後來《叢刊》如有所請，唐先生也幾乎總是有求必應。《叢刊》出版 10 週年時，唐先生還曾寫文章，肯定《叢刊》辦得「沉穩持重」，有特色，這也曾給予大家很多鼓舞。現代文學研究會和《叢刊》編輯部始終感激唐弢先生長期以來給予的指點、鼓勵和支持，願意用努力辦好學會和《叢刊》的實際行動，不辜負唐弢先生的期望，告慰唐先生在天之靈！

1992 年 3 月 1 日寫畢

第三輯

朱自清和鄧中夏 [1]

　　1924 年 4 月 15 日，朱自清寫了題為《贈友》的詩。詩中歌頌一位友人：「你飛渡洞庭湖，你飛渡揚子江，你要建紅色的天國在地上！地上是荊棘呀，地上是狐兔呀，地上是行屍呀；你將為一把快刀，披荊斬棘的快刀！你將為一聲獅子吼，狐兔們披靡奔走！你將為春雷一震，讓行屍們驚醒！……我想你是一陣飛沙走石的狂風，要吹倒那不能搖撼的黃金的王宮！」作者在這裏盡情讚美的，是一位具有共產主義思想的大無畏的革命者。他是誰呢？我們遍查朱氏詩文，沒有找到答案。但線索還是有的。這首詩發表在當年 4 月 26 日出版的第二十八期《中國青年》上。前此四個月，就在這個刊物第十期上，鄧中夏〈貢獻於新詩人之前〉一文中，曾引錄了兩首舊體詩：

> 莽莽洞庭湖，五日兩飛渡。雪浪拍長空，陰森疑鬼怒。問今為何世？豺虎滿道路。禽獮殲除之，我行適我素。

1　載 1963 年 8 月 11 日《北京晚報·五色土副刊》。

莽莽洞庭湖，五日兩飛渡。秋水含落輝，彩霞如赤柱。問將為何世？共產均貧富。慘澹經營之，我行適我素。

據鄧中夏同志自己說，這詩是他三年前過洞庭湖時所作。詩裏所表現的，確是一個共產主義者「要建紅色的天國在地上」的偉大理想以及為實現這一理想誓不顧身的堅定意志。這是詩人的自我形象，跟朱自清詩中歌頌的那位友人多麼相像啊！

從朱自清的《贈友》在寧波寫成、寄出，到該期《中國青年》在上海出版，其間只佔 10 天，這也足以證明它原是《中國青年》的專稿，證明詩的作者跟刊物編者原有熟識的關係。而當時《中國青年》的編者，正是鄧中夏。我想，由此推斷他們兩人有着友誼，並非無稽。

朱自清與鄧中夏，都是「五四」時期的北京大學學生，而且他們兩人都是 1920 年畢業的。雖然朱在哲學系，鄧在國文系，但那時學生人數不多，兩人熟悉，亦在情理之中。

還值得注意的是，《贈友》以後收入《蹤跡》集時，作者改題為《贈 A.S》。知名的朱氏友人中，並沒有符合

"A.S" 這音的，這也只有鄧中夏才相合，鄧中夏原名鄧康，字仲澥，1923 年在上海大學工作時起，改名鄧安石，"A.S" 正是「安石」英文拼音的頭兩個字母。

朱自清晚年堅定地站在人民立場上，靠攏黨的領導，同美國和蔣介石反動派進行堅決鬥爭。毛澤東曾說我們要寫聞一多頌、朱自清頌，他們的確是我國老一代知識分子的優秀代表。但朱自清晚年的這種發展，並不是突如其來的。從他早年對待革命、對待共產黨人的態度上，可以看出其進步思想因素的一貫脈絡。他和鄧中夏同志的這點友誼，只是一個例證而已。

我所認識的梁錫華[1]

—— 長篇小説《香港大學生》序

我「初識」梁錫華，是通過徐志摩的書信。那是 80
年代初，當劫後復蘇的中國文壇重新接納這位才華橫溢
卻英年早逝的著名詩人的時候，我在一個偶然的機會讀
到了多封前所未聞的徐志摩寫給海外友人的信。我一向
自以為掌握徐志摩的材料相當齊全，面對這些書信，意
外驚喜之餘，也深感自己的孤陋寡聞。這些信的原件全
用英文寫成，而費心把它們搜集起來並譯成中文的，正
是梁錫華。

1985 年初，我作為北京大學代表團成員訪問香港中
文大學，結識了中大中文系的多位同行，卻與梁佳蘿、
余光中先生緣慳一面（他們去新加坡參加一個學術會
議）。我雖然不至於像有的人那樣把梁佳蘿當作女士，
但說老實話，那時並不知道梁佳蘿即梁錫華。因此，不
能見面固然是憾事，卻也免去了我極可能鬧笑話的尷尬。

我真正與錫華兄見面，是在 1992 年初夏。那次一

1　載《人民日報·大地月刊》1994 年第 10 期。

個台港作家代表團抵京訪問，其時已在香港嶺南學院擔任教務長的梁錫華，亦是代表團成員之一。訪問結束，他還到北大做了一次講演。交談之間，感覺到他既有謙謙君子的學者風度，又兼具詩人的熱情、敏銳和真誠。因此，頗為投契。

次年盛夏我應邀去嶺南學院做學術訪問，主要研究香港當代小說，有機會較多地接觸梁錫華的作品。他的第一部長篇小說《獨立蒼茫》發表於 1983 年。從那以後，更有《頭上一片雲》、《太平門內外》、《大學男生逸記》、《研究生溢記》和剛剛出版的《李商隱哀傳》等五部長篇陸續問世。在兼做着教學和行政工作的情況下，其「投入產出率」之高，無論在香港或大陸均屬少見。我幾乎是手不釋卷地讀完了上述六部小說中的五部，深為他那才情橫溢的文筆所吸引。

梁錫華擅長以散文隨筆的方式寫小說。一支筆涉獵廣泛，舒卷自如，機智而詼諧，犀利而灑脫。恰似公孫娘子舞劍：「來如雷霆收震怒，罷如江海凝清光。」一些平淡的日常瑣事，經過他活潑多樣的筆墨，彷彿點石成金，立即變得富有情趣。情節的設置，在他主要是為了便於發揮人生體驗上的某種優勢。他的小說，同時可

以當作優秀的散文小品來讀。在《香港大學生》（上篇即《大學男生逸記》，下篇乃《研究生溢記》）這部以第一人稱寫的長篇中，由於人稱上的方便，作者更是就勢自由揮灑：時而敍事，時而抒情，時而諷世，時而記遊，時而述說體驗，時而議論風生，或者將這些相互糅合，不拘一格，亦莊亦諧，嬉笑怒罵，任我驅遣。這是一種有真性情，有獨特風格的文學。

讀梁錫華的小說，我們會感到，字裏行間彷彿時時閃動作者的身影。小說的那些主人公，寫得都相當親切感人，他們對事業、對人生、對愛情都有一股令人肅然起敬的癡勁——不是書癡，就是情癡，常常二者兼而有之。《獨立蒼茫》中的蕭晨星，《頭上一片雲》中的卓博耀，《太平門內外》中的張永佑、方起鵬，《香港大學生》中的金祥藻，以及站在金背後的方密微等，就都是一些正直熱誠、勤奮好學、敬業樂業、堅毅執着，學問和人品都超羣的人物。當然，主人公不等於作者。夏志清先生把《獨立蒼茫》中的蕭晨星等同於梁錫華，那實在是一種誤解。但由主人公形象系列一而再再而三地顯示的這類品格，確實可以從一個方面折射出作者的感情傾向、道德追求乃至人生理想。《香港大學生》下篇曾

用一段文字寫了金祥藻初進加拿大一所大學圖書館時的感受：

> 　　暑期中的圖書館，寂如禪房，每一冊書，都似乎在嫣然佇立，逗人作傾心的對語。這裏每一角，每一架，都是良朋益友千萬的光景，我感覺一坐定，就馬上釋盡塵世諸緣，心頭滿溢的不但是甜美，也是清芬，更是澄澈，宛如人在靈山會上，睹世尊拈花微笑⋯⋯

　　可以說，作者本人如果不曾經是書癡、書狂，就決不可能把主人公這番特有的內心體驗表現得如此真切。同一部作品的末尾，還有這樣一段文字：「莎士比亞以人生比喻演戲。所以我想，既然上了台，就努力演好這齣戲吧。」這不但是書中人物真實心聲，也應該看作是作者本人對人生所持的嚴肅態度，正是這種人生態度，決定了作者的審美視角和愛憎感情，促使他去貶斥那些形形色色的宵小之徒，同時去讚美那些普普通通而值得讚美的人物。像洛根叔這樣一位旅遊船上的廚師，作者也通過金祥藻的眼睛，用了虔敬的態度去寫他做糕點的情景：

我最愛看他做糕點時的神態。他是全身細胞總動員，和畫家繪畫、音樂家演奏、書法家寫字，道理完全一致。他在製作過程中，會對着他手下將成形的藝術品，或攢眉、或歡笑、或拍額頭、或搓手掌……神態表情，不一而足。他出爐的糕點花樣真巧，隔天翻新。單是蘋果餡餅一項，我吃過的，已經有七八款之多，而且，不單外形各異，連裏頭的配料和味道也不相同。這種種，可謂歎為觀止矣。

簡直是一曲創造性勞動和敬業精神的動人讚歌！從這禮讚聲中，我們懂得了梁錫華的為人，領悟了真正現代人的不帶勢利心的平等勞動觀的可貴。梁錫華的小說由於其詼諧諷世，常常令人聯想到錢鍾書的《圍城》。然而梁錫華小說從處女作《獨立蒼茫》起，就有和《圍城》很不相同之處：活躍着普通人的可敬形象，閃耀着現代人的理想光彩。這也就是梁錫華小說之所以對我們很有啟發意義的根由。

梁錫華也是一位富有幽默感的作家。他善於寓諧於莊，寓正於反，故意用嚴肅、莊重乃至神聖的詞語形容一些生活瑣事，從而改變語言的色調，獲得詼諧幽默的

效果。就以《香港大學生》為例，方密微談到妻死後自己矢志堅守防線，永不婚娶時說：「這條防禦工事築好了，沒有敵人可以入侵的，梁實秋缺了這條防禦工事，所以老妻死後一遇到女人就全線崩潰了。……凡需抵擋的事，自己沒有強大的國防力量怎行？」故意用了「國防力量」這個重量級詞來表明個人的心志。寫到洛根叔穿上廚師衣裝和兩個助手照相一段，用了這樣的文字：「三個人，全副『武裝』得白亮亮。洛根叔四平八穩坐在椅子上，身上掛了好幾條烹飪獎的彩帶，約拿和我，分站他的後面，光景有點像關平和周倉伴着關公。」有意用中國傳統的英雄來喻擬異邦當代的廚師，造成一種滑稽感。寫到華人男生在加拿大租住的「華屋」時，先用寫實筆法描述它的髒臭，慨歎「中華『文化』廣傳海外了」。當女生孔芙英問「這種地方『參觀』一次夠不夠」時，金祥藻答道：「華屋有華人之屋的意思。要看中國人和接觸中國文化，可以多去。」引得「眾人大笑」。這是寓真意於反話中。在另一處涉及婚姻問題時，作者通過書中人物調侃道：「從另一觀點着想，我倒覺得媒人制度實在不壞，至少省卻許多約會、追求的麻煩，更沒有失意、失戀的苦惱……」這類詼諧幽默，不但表現梁

錫華的機智風趣，更顯示出他的沉穩自信。梁錫華小說浪漫主義成分較重，這和他自身性情、氣質、文化素養有關，也和他文學上接受的影響直接關聯。據我觀察，對梁錫華小說創作影響較深者，在外國大概是彌爾頓、羅素、蕭伯納，在中國似為蘇曼殊、徐志摩、錢鍾書；其中半數為浪漫主義作家。《香港大學生》下篇裏，金祥藻和杜珍妍有情而無緣，纏綿悱惻，就頗有點蘇曼殊小說的味道。然而，構成梁錫華浪漫主義的核心的，卻是一種作者稱之為「具有滿腔宗教情懷」（〈沙田出文學〉）的人生理想、人生追求，也就是前文所說的那股癡勁，或者叫作赤子之心。小說通過密微之口說：「我盼人人都有這份浪漫情懷，也就是和宗教相通的敬虔火熱情懷。」這句話可以看作是對梁錫華浪漫主義的最好註釋。當然，梁錫華畢竟是一位富有人生閱歷的作家，對世情的洞察，使他不可能完全耽於理想或沉迷於癡情。生活和創作的邏輯都決定着他必然要在很大程度上走向清醒的寫實之途。在小說中，金祥藻終於和改弦更張的「尖嘴雞」結為夫婦，這大概近於人們通常所謂的「現實主義的勝利」吧——雖然可能由於上篇伏筆不夠而多少有點突兀。

梁錫華小說第一次在大陸出版,這是件很好的事。我相信,大陸的讀者會和我一樣,衷心喜歡梁錫華這位才華出眾而且真誠、富有赤子之心的作家的!

1994 年 4 月 21 日於北大中關園

為謎樣的傳主解讀 [1]

沈從文的一生是個奇跡：他只上過小學，卻寫了 40 多本作品（不算各種選集），成為中國現代著名作家，還當了大學教授、文物研究家，被提名諾貝爾文學獎的候選人。真令人難以置信！

現在有了另一件簡直令人難以置信的事：以沈從文為傳主的第一部傳記——而且是資料那樣豐富，內容又那樣引人入勝的傳記，它的作者竟是金介甫（Jeffrey Kinkley 1948—　）這樣一位西方學者。我不知道，這可不可以也稱作一個奇跡；至少在我，讀完後確實是感到驚訝和佩服的。

金介甫先生的《沈從文傳》，忠實而詳盡地記述了作家沈從文的一生，寫出沈帶有神秘色彩的複雜經歷，以及他同樣具有某種神秘色彩的思想和創作。作者在 1977 年曾完成博士論文《沈從文筆下的中國》。以此為起點，金介甫又繼續跋涉，艱苦攀登，在海內外（包括在沈從文家鄉湘西）進行長期廣泛的難以計數的調查、

1　載《讀書》1993 年第 5 期。

訪問，掌握了大量第一手資料，然後潛心寫作，終於完成宏著，1987年由斯坦福大學出版社出版。可以說，這部《沈從文傳》是作者10年心血的結晶。它主要用史實而不是用論斷，考察並回答了令人感興趣的有關沈從文生平和創作的許多問題，諸如沈的苗漢民族血緣關係，近代湘西環境對沈的影響，沈的社會理想以及對革命的態度，沈與丁玲的關係，沈的泛神論思想，沈作品中含有的佛洛伊德思想與現代派文學成分，當年由沈引發的「京派」與「海派」之爭，新中國成立後沈在文學上的忽然擱筆……因而在沈從文研究方面，具有重要的史學價值。

人們常常喜歡用「通過一個人來寫出一個時代」這樣的話，稱讚一部傳記。金介甫的《沈從文傳》（英文原名《沈從文史詩》），確實有助於讀者進一步了解20世紀的中國：它的社會矛盾、它的政治動盪、它的外患內憂、它的深重災難。作者原本就有這樣的意圖：「不應該把沈從文的生活只寫成作家傳記，而應該作為進入中國社會歷史這個廣闊天地的旅程。」（見《引言》）已成的傳記表明，作者這一意圖相當圓滿地得到了實現。

這部傳記圍繞沈從文的成長發展，還對近代中國複

雜的文化現象做了考察，寫出這一文化內在的錯綜對立的諸般因素：舊與新、中與外、鄉村與都市、傳統與現代、漢文化與苗文化，以及這些因素對傳主的綜合作用和影響，從而揭示出 20 世紀中國文化的某些深層結構，有助於人們從這一大背景上比較科學地把握和評價沈從文的思想和創作。應該說，作者從文化角度對傳主思想的若干方面已經做了相當深入的研究，提出的見解也是新穎獨到的。如第 258 頁認為：「從政治上說，沈嚮往的也不是現代民主政治，而是『原始的無為而治』。」我們也許不一定贊同作者的這一看法，但不能不承認，它是很有見地和深思熟慮的。特別值得重視的是，在沈從文與現代派文學、與佛洛伊德主義的關係上，這部傳記不但提供了不少新鮮的資料，而且已經做了堪稱深入中肯的研究。從第四章起，就提到：沈從文在 20 年代「接受了周作人（也就是藹理斯）的性心理學的觀點。1930年又讀了張東蓀講性心理分析的厚厚一本入門書《精神分析學 ABC》」。第六章指出：「像法國小說家《追憶逝水年華》作者普魯斯特用潛意識來觀察人生一樣，（沈的小說）對時間作了細緻分析。」「小說中角色的每一個質問式動作 —— 他們對現實本身感到半信半疑 —— 代

表一種現代的反常狀態。」這「使沈的作品有了現代派氣味，如果還算不上先鋒的話」（198頁）。不僅是沈的小說《薄寒》、《第四》、《春》、《若墨醫生》和《八駿圖》，就連代表作《邊城》，「也有佛洛伊德的氣味」（203—205頁）。作者甚至戲稱「京派」與「海派」的論爭，「可算北京現代派的沈批判上海的現代派」（189頁）。到第七章中，又繼續指出：沈於40年代初寫的《看虹錄》、《摘星錄》等「思想上、藝術上、主題意義上都使讀者『不知所云』」的作品，乃「是沈從文在受佛洛伊德、喬伊斯影響下在寫作上進一步的實驗。他想學現代派手法使他的文學技巧達到一種新境界」（239頁）。金介甫的這些介紹與探索，無疑對沈從文研究很有啟發性，提高了有關課題的學術水平。

《沈從文傳》的一個重要特色，是基本保持了史學著作應有的客觀嚴謹的態度。作者秉筆直書，忠於歷史事實本身，而不是忠於自己的主觀好惡。儘管金介甫非常推崇沈從文，認為沈的文學成就高過都德、法朗士，甚至高過莫泊桑、紀德（見《引言》），但他不把沈從文神化，不避諱傳主曾經走過的曲折道路，不隱諱沈的弱點以及在一些事情上應負的責任。如第三章中，作者記述沈從

文和闊親戚熊希齡在香山相聚卻並不能消除相互間的鴻溝之後，接着指出，「實際上，沈和香山的紳士之間的鴻溝，是沈自己創作引起的，特別是像《棉鞋》、《用 A 字記下來的故事》」，其中就有人身攻擊和挑逗失禮的內容（65—66 頁）。又如第四章介紹 20 年代末沈初到上海，確曾寫過《舊夢》之類有色情成分的作品，這是由於「經濟上的壓力才使他不得不下手」（131 頁）。再如第六章記述沈從文 30 年代初在大學教書時，講課效果不好：「他講課有如閒談，大都漫不經心，講來平淡無奇，聲音低得有如耳語。……他在吳淞中國公學第一次教課時，每每咕嚕咕嚕地講了幾句就退下來，一堂課就此了結。教書顯然使他更加感到知識的欠缺。」（174 頁）並在註釋中引了沈的親友和家屬的話來證明這一點。所有這些，都顯示了金介甫作為一個學者的良好品格，從而使他理所當然地贏得讀者的信賴。特別值得一提的是，傳記作者有很強的責任感，他確知史學家筆墨的分量，因此，在尊重事實的同時，對一些複雜的學術問題或史實問題，一般都很謹慎，注意講究分寸，力避過猶不及的毛病。例如第三章中，作者依據公開的資料和調查所得的事實，肯定了沈從文與《聖經》的關係，卻又講得極其適度，字斟

句酌，不簡單化：既提到「他小說中的許多人物都手持一本《聖經》」，「他有三部作品（可能只有三部）具有真正基督教的象徵意義」，「沈懂得基督教就意味着博愛」，又指出沈從文「從來沒有對基督教的教規教條有過任何興趣」（73頁）。同章中涉及沈從文與丁玲、胡也頻早年的關係時，作者一方面根據沈的《呈小莎》等詩，認為「很可能沈從文早先對丁玲產生過柏拉圖式的戀情吧」，另一方面又如實指出：「在20年代後期，沈從文的母親和九妹沈岳萌都同沈住在一起，這樣，就使謠傳的沈丁關係曖昧之說難以置信。」（69頁）我們有些學者討論問題時常常容易犯感情用事、誇張失控的毛病。《沈從文傳》作者下筆時的這種謹慎和有分寸感，既表現了他的嚴肅，也反映了他的成熟，正是值是我們學習和借鑒的。

不同於原先的中譯本，湖南文藝出版社這次出版的《沈從文傳》是全譯本。這種版本之所以更有價值，就在於增譯了英文原著的646條註文。符家欽先生在《譯後記》中這樣說：「金介甫是歷史學家，他為搜集傳記史料花了大量氣力。他的資料卡片多達6000張。傳記正文281頁，而用小字排印的註文竟有81頁，幾乎為正文的一半。學術書註釋佔這樣高的比重，在西方學者中也是

罕見的。」的確，我認為這正是金氏《沈從文傳》的特色所在，也是全書精華的一個重要方面。這些註釋不但認真交代了資料的來源（作為一本嚴肅的學術著作，這點非常重要），而且詳盡介紹了有關的事實乃至細節，還闡述了作者本人的若干考證和推測，或者糾正了他人的某些錯誤，可以說包含了作者的大量心血和不少鮮為人知的史料，無怪乎金氏要為時事版譯本不收這些註釋而「耿耿於懷」。例如，對於沈的家世和祖母是苗族的問題，註釋中就提供了不少具體材料。對於基督教進入湘西以及田興恕時代就開始的反基督教滲透，註釋中亦有詳細記載。又如關於小說《八駿圖》，沈從文自己承認，由於寫得過於誇張，得罪了一些朋友。傳記作者在第六章註 77 中做了考證，挑明「八駿」的原型除沈自己外，還包括聞一多、梁實秋、趙太侔等教授。另如第七章註 76 中，傳記作者依據直接和間接的材料，指出「沈的散文〈水雲 —— 我怎麼創造故事，故事怎麼創造我〉是沈寫他的婚外戀情的作品」，並列出了若干具體事實。所有這類註釋，應該說各有程度不等的價值。讀者閱讀時千萬不可缺少耐心，懶得翻看，以免損失許多不該損失的知識養分。

由於歷史的和其他方面的種種原因，金氏《沈從文

傳》也存在某些局限。我想在這裏提出兩點。一是對中國大陸的現代文學研究狀況顯得有些隔膜。作者多次提到內部出版的《文教資料簡報》，卻不知道已有較長歷史也較重要的學術刊物《中國現代文學研究叢刊》（凌宇的〈沈從文談自己的創作〉就發表在這一叢刊上）。書中還把王瑤、劉綬松、丁易等 20 世紀 50 年代出版的文學史著作與李何林 30 年代出版的《近 20 年文藝思潮論》相提並論，一概稱作「左翼方面」，把這些專家排除出「建國以後的批評家」行列（322 頁），使熟悉情況者不免覺得奇怪。二是在沈從文與丁玲兩位作家的關係上，傳記作者對複雜的情況估計不足，受了某些簡單化說法的影響，以致誇大了他們之間後來的矛盾。如 193頁推測丁玲「遷怒」於沈從文，是因為沈的〈記丁玲〉把馮達寫得太壞；並在 341 頁註 63 中，對「丁玲為何不悅〈記丁玲〉」做了三點推斷。其實，丁玲何曾「遷怒」于沈！她與沈的思想分歧，早在沈寫〈記丁玲〉前兩年就已顯露出來，只要讀讀丁玲以沈從文為原型寫的小說《一九三〇年春上海》之一就會清楚。丁玲被國民黨軍統特務秘密逮捕、幽囚南京期間，根本不可能自由閱讀書刊，怎可斷定她一定在當時讀過沈的〈記丁玲〉（何況

〈記丁玲〉中並無對馮達的尖銳批評）！沈本人 1949 年 9 月 8 日致丁玲的信，已經對他當時企圖自殺的原因說得清清楚楚。證之以陳漱渝先生在《人物》雜誌上所刊丁沈關係的文章，更可見他們在 50 年代初仍有友誼的一面。至於有人所說「從 1979 年到 1986 年丁玲去世，丁玲都身居高位，使得許多機關都不敢重印沈的作品」，如果我們了解這段時間沈在國內各大出版社出過 8 種著作共計 25 本，而丁身為作家協會副主席卻保不住一本《中國》文學雙月刊，即可知道距事實有多遠了。雖然如此，這些問題對《沈從文傳》來說，畢竟只是個別的，而且我願意指出，即使在丁沈關係上，作者依然說了不少比較客觀的話。《沈從文傳》的整個寫作，無疑是學風嚴謹、史料豐富，推進了學界對這位傑出作家的研究的。加上符家欽先生譯筆忠實流暢，兼有信、達、雅之長，就使這部譯本成為難得的好書。因此，我衷心樂於向廣大讀者推薦。

1992 年 11 月 22 日寫畢

他在人們心中永生 [1]
——讀《微笑着離去：憶蕭乾》

1999 年 2 月 11 日的傍晚時分，蕭乾先生出色地跑完了人生的最後一圈，微笑着離去了。斜陽映照之下，他的身後留下了長長的四周飾滿虹彩的身影：300 多萬字的精美的 10 卷本《蕭乾文集》，以及篇幅決不少於此的翻譯作品和集外文字；還有大量並未形諸筆墨卻用非凡的人格力量書寫出的動人事跡。

於是，半年之後，在我們面前就有了這本從國內外幾十種報刊上收集來，由中外幾十位作者撰寫的感人至深的書——《微笑着離去：憶蕭乾》（遼海出版社出版），它真實地呈現了蕭乾的業績與性情、自豪與屈辱、魅力與弱點、文格與人格。如果可以把蕭乾一生比作一本大書的話，那麼，《微笑着離去》就是大書的濃縮版，從中可以讀出時代，讀出歷史，讀出即將逝去的這個世紀中國的年輪。

在 20 世紀中國作家中，像蕭乾這樣具有寬廣豐富

---

1   載《中華讀書報》1999 年 11 月 3 日。

的閱歷和多種多樣的才能者並不很多。他不但是著名的文學家，而且是優秀的新聞記者、傑出的翻譯家。貫穿在他作品中的，是憂患人生的真切體驗、國運民瘼的熱情關切，充滿着真誠與赤忱。他那些膾炙人口的篇什，像小說《籬下》、《雨夕》、《俘虜》、《夢之谷》，通訊《魯西流民圖》、《血肉築成的滇緬路》、《銀風箏下的倫敦》、《柏林一片殘破》，散文《我這兩輩子》、《未帶地圖的旅人》、《一本褪色的相冊》、《關於死的反思》，無一不滲透着強烈的正義感與藝術的震撼力。即使新聞報道，在蕭乾筆下，也都奇跡般地轉化成了富有感染力的文學作品。正如資深記者趙浩生所說：「世界上大多數新聞記者的作品，生命力不足一天。……蕭乾不同於一般記者，他的作品不僅有新聞的時效，而且有文學的藝術、史學的嚴謹。他把文學技法，把對歷史的嚴肅感情寫進新聞，所以他的作品的壽命不是一天，而是永遠。」直到晚年，他仍以「儘量講真話，堅決不說假話」為座右銘，堅持獨立思考，在作品中繼續對現實的不健康方面有所針砭，體現着一個知識分子的良知與責任感。

尤其令人感動的，是貫穿蕭乾一生的那種與命運頑強抗爭的精神。他從不屈服於命運。幼時出生在貧苦家

庭，11歲成為孤兒，卻靠着織地毯、送羊奶來實現工讀。學生時代就開始發表作品，後來進入《大公報》工作。第二次世界大戰期間，他不畏艱驗，隨盟軍進入歐洲戰場，成為唯一的中國記者，用筆攝下了許多彌足珍貴的歷史鏡頭。他曾被剝奪寫作權利22載，古稀之年方得平反。但卻立志要「跑好人生的最後一圈」，在年老多病情況下寫出160萬-170萬字的作品；還與夫人文潔若合作，起早睡晚，苦幹數年，譯完《尤利西斯》這樣的天書，可稱創造出了奇跡。他用詩一般的語言寫道：「在走出噩夢的早晨，我以我的筆作拐杖，又開始了我的人生旅行。我的手有些抖，我的腳步有些顫，但我的心還能和五歲的孩子比年輕……」(《我的年輪》)死亡對於蕭乾來說，竟成了巨大的鞭策力量，使他的創作力如火山迸發。有朋友說：蕭乾「一個人有一百個人的生命」。讀讀《微笑着離去》中許多人寫的回憶文章，你也許會相信這是近乎真實的。

蕭乾是性情中人。從《微笑着離去》一書，就能真切地感受到他彌勒佛般的笑容，睿智幽默的談吐，老頑童般俏皮又隨和的性格。晚年的他已看透名利、地位、享受這類世俗的追求。20世紀80年代，組織上曾分配

給他一座單門獨院的小樓，他卻辭謝了。後來，譯《尤利西斯》得到三萬元稿酬，他全部捐贈給了《世紀》月刊社。為了集中精力譯書，他在門上貼出謝絕造訪、作序的紙條，然而一些不相識的青年作家，依然得到蕭乾為他們處女作寫的序文。蕭乾曾說：「人生最大的快樂莫如工作。」也說過：「有這樣的晚年，我感到很幸福！」蕭乾所說的幸福，不是高官厚祿、豪宅華居，而是自由地握筆創造精神財富的權利。人們有時會說到「大寫的人」，依我看，蕭乾就是這樣一位既平凡親切又脫離了低級趣味的「大寫的人」！

　　應該指出的是，《微笑着離去》不僅是了解作家蕭乾的必讀書，而且在研究中國現代文學方面也具有獨特的價值。像邵燕祥的〈認識一個真實的蕭乾〉，日本學者丸山昇的〈從蕭乾看中國知識分子的選擇〉、〈新中國建立前夕文化界的一個斷面〉，都對 1948 年那場文化論爭做了深入的研究，從根本上澄清了〈斥反動文藝〉一文帶來的迷誤，因而成為很有分量的學術論文。吳福輝、周立民的回憶文章，則透露了 30 年代《大公報》文藝獎的一項秘密：小說方面的獎原先決定授予蕭軍《八月的鄉村》，卻因蕭軍本人通過巴金向蕭乾表示

不願接受，於是改授給蘆焚，此事現已得到巴金證實。而據蕭乾生前猜測，蕭軍之所以不接受，可能是「左聯」內部做的決定。我還可以舉出另外一些事例作為佐證，在丁玲被國民黨綁架軟禁期間，蕭乾於《大公報‧文藝》上刊發了她的小說《松子》，向世人正式傳遞了有關丁玲的真實消息；30 年代中期，蕭乾協助斯諾將中國現代一部分優秀小說編成《活的中國》介紹給西方讀者；據趙瑞蕻介紹，蕭乾對文學翻譯問題曾提出過一系列相當精闢的見解；「文革」結束後，蕭乾還為自己撰寫了一篇意味深長的碑文，等等。所有這些鮮為人知的史實的披露，都足以改寫文學史的局部內容，它們對於推進中國現代文學的研究，有着相當重大的意義。這也從另一角度證明了《微笑着離去：憶蕭乾》確是值得一讀的好書。

蕭乾先生畢竟走了。我因上半年遠在巴黎教書，深以未能向這位亦師亦友的可敬前輩告別為憾。記得蕭老九十壽辰那天，從錄影中看到穿紅毛衣的他，思維還那麼敏捷，神情還那麼安詳，我曾以為他的健康狀況不錯，暑期回來定可以再向他絮談旅歐感想，聊聊他當年採訪過的那些城市近時的變化，不料這一切全成了再也

無法圓的夢。現在讀這本回憶蕭老的書，他的音容笑貌又一再浮現在我眼前，我多少感到有一種失而復得的快慰和補償。單從這點來說，我就很感謝《微笑着離去》一書的出版。

作者簡介

嚴家炎，筆名稼兮、嚴　
謇，上海人。北京大學中文系
教授，曾任北大中文系主任，
國務院學位委員會第二、三
屆語言文學學科評議員，中國　嚴家炎
現代文學研究會會長（1990-
2002），北京市文聯副主席（1988-2003）。著作有《知春
集》、《求實集》、《論現代小說與文藝思潮》、《中國現代
小說流派史》、《金庸小說論稿》，以及與他人合著的三
卷本《中國現代文學史》和增訂版《中國現代文學史簡
編》等。編纂有《新感覺派小說選》、《二十世紀中國小
說理論資料（1917-1927）》、《穆時英全集》、《二十世紀
中國文學史》等二十餘種。